여름이 지나고.

빈곤했던

빈곤했던 여름이 지나고

초판 1쇄 발행 2017년 11월 24일
초판 2쇄 발행 2018년 11월 9일

지은이 태재

책임편집 김소영
홍보기획 문수정
디자인 신묘정

펴낸이 최현준·김소영
펴낸곳 빌리버튼
출판등록 제 2016-000166호
주소 서울시 마포구 양화로 15안길 3 201호(윤현빌딩)
전화 02-338-9271 | **팩스** 02-338-9272
메일 contents@billybutton.co.kr

ISBN 979-11-88545-04-9 03810
ⓒ 태재, 2017, Printed in Korea

이 도서의 국립중앙도서관 출판예정도서목록(CIP)은 서지정보유통지원시스템 홈페이지(http://seoji.nl.go.kr)와
국가자료공동목록시스템(http://www.nl.go.kr/kolisnet)에서 이용하실 수 있습니다.(CIP제어번호:CIP2017027168)

No. **빈곤했던 여름이 지나고**

태재 지음

빌리버튼 billy button

봄, 여름, 가을, 겨울.
우리가 지내는 사계절의 이름은
나무의 모습을 보고 지었다 한다.

새로 본다고 해서 봄,
열매가 맺힌다고 여름,
옷을 갈아입는다 해서 가을,
겨우 산다고 겨울.

여름에 태어난 나는
사계절 중 여름을 맨 처음 겪어서 그런지
여름이 가장 어렵다.

그래서 여름은 내 일기장에서 가장 두꺼운 계절이며
내 영혼의 나이테가 가장 선명한 계절이기도 하다.

빈곤했던 여름이 지나고
어느덧 스물여덟 번째 가을,

풍성하지는 못했지만
탐스러웠던 나의 몇 열매를 떠올리며

2016년 여름부터 2017년 여름까지의 일기를
공개한다.

차례
。

1.

사	계	절	이		있	는		게
좋	은		것		같	아		

2.

그 계절을 따라
변하는 나뭇잎처럼

3.

우	리	는		각	자	의		숲	에	서
넉	넉	한		나	무	로				

다행의 날들을 만들어가면서

다행을 선택하기 직전이다 :
나의 물음표는 곡선을 잃었다

———

점점 "그러면 안 되지 않아?"라는 질문이 없어진다. 어떤 일도 일어날 수 있다. 예전에는 별로 좋아하지 않는데도 연애하는 사람들을 보면 이해가 되지 않았는데, 요즘에는 '저 사람은 저렇게 하나보다' 싶다.

내 기준이 확실한 것은 좋지만, 세상에 정확한 기준을 가진 개인은 없다. 나에 대한 기준은 나에게조차 부정확함을 알게 되었으며, 타인의 현상에 대한 질문들도 사라져 간다. 호기심도 질문도 점점 더 내 안을 향해간다. 나는 왜 그랬을까. 언제부터 이렇게 된 것일까. 내 잘못일까. 잘못이라면 무엇이. 또 잘못이 아니라면 무엇이. 나의 물음표는 곡선을 잃은 채 그저 덤덤한 점을 찍는다.

그래, 나는 오늘 불행을 버리고 다행을 선택하기로 했다 : 다행 레코드

―――――

첫 회사를 퇴사할 때의 사유가 '행복하지 않아서'였다. 지금 생각하니 그 전에는 쭈욱 행복한 일만 가득했던 사람처럼 유세를 떨었던 것 같다. 회사에서 행복을 기대했다니, 나도 참 귀여웠다. 사유를 다시 말할 기회가 온다면 나는 조금 다르게 말하고 싶다. '불행해서'라고.

'불행해서'와 '행복하지 않아서'는 엄연히 다르다. 불행은 그 자체로 완전한 감정이지만 행복하지 않음은 슬픔이나 쓸쓸함 같은 다른 감정을 불러온다. 행복은 애초에 실존하지 않는 감정일 수도 있다. 그렇다면 감정의 두 축은 '불행-행복'이 아닐지도 모른다.

안개 낀 말에는 그 안개를 거두어주는 반대말이 있게 마련이다. 불행에 어울리는 반대말은 과연 무엇일까. 오래 고민할 것도 없이 '다행'이다. 그래서 생활이란 '불행-다행'이라는 두 고리가 번갈아가면서 재생되는 레코드판 같은 것이다. 한 곡 두 곡, 한 장의 앨범이 재생되는 동안을 들여다보면, 한 고리 한 고리씩 불행과 다행이 미세하게 번갈아 돌아간다. 그래서 늘 다행인 것도 늘 불행인 것도 아니다.

조금 서툴게 만들어진 판이나 긁힌 적이 있는 레코드판은 가끔 튀곤 한다. 잘 만들어진 판이라면 튈 일이 없겠지만, 판에게도 수명이 있기에 계속 틀어놓으면 결국 어느 한 곳에서는 튀고 만다. 그 튐이 불행의 고리에서 일어날지 다행의 고리에서 생길지는 아무도 모른다. 행복은 그런 '튐'이 아닐까 한다.

내가 가진 레코드판이 전 세계에 하나뿐인 레코드판은 아닐 것이다. 아니지만, 이런 '튐'을 가진 레코드판은 이것 하나뿐이다. 내 레코드판이 어디서 튈지 알고 있기에 나는 이따금 행복도 예상할 수 있다. 그래서 내가 내 앨범을, 내 인생을 좋아한다. 가끔 리듬에 맞춰 콧노래도 부를 수 있어서, 참 다행이다.

내가 만든 다행인 날이 시작되었다 :
쌀 소리를 들으며

———

조금 쌀쌀한 날씨. 차를 마시기 위해 포트의 전원을 켠다. 언젠가 선물받은 얼그레이 티백을 빈 찻잔에 미리 걸어놓는다. 뜨거운 물을 붓고 책을 읽는다. 프랑수아즈 사강의 《슬픔이여 안녕》. 지금 이 아침처럼 악몽을 꾼 직후에는 더없이 근사한 책이다.

타닥타닥, 어디선가 얇고 튼튼한 소리가 들려온다. 나는 기대감에 책을 거꾸로 덮고 쌀을 불려놓은 통 앞으로 간다. 가만히 구경한다. 타닥타닥. 한 편의 라디오 애니메이션. 왠지 엄마는 이 소리를 알 것 같아 엄마에게 전화를 건다. 엄마는, 아마도 오랫동안 갇혀 있던 쌀들이 세상에 막 나와서 숨을 쉬는 소리일 거라 말해주었다. 그리고 따뜻한 목소리로 "밥 잘 챙겨먹네."라고 말했다.

나는 쌀들의 숨소리를 조금 더 듣는다. 오늘 이 아침이 나의 하루를 잘 안치길 바란다.

1.

사계절이 있는 게
좋은 것 같아

내가 글보다
더 쓰고 싶은 것

———

본인이 좋아하며 쓰던 연필을 내게 선물로 준 사람이 있다. 내가 그 연필로 글자를 쓰는 만큼 연필은 조금씩 짧아졌다.

좋아하는 연필이라고 좋은 글이 쓰이는 건 아니었다. 아니, 나는 좋은 글을 쓴 적이 없다. 좋아하는 연필로 좋아하는 글만 썼다. 과거를 좋아할 때와 사랑을 좋아할 때만.

나는 글보다 마음을 더 쓰고 싶다. 글 써낸 손에 주름 말고는 아무것도 남지 않도록. 내 마음과 내 손으로 일구는 내 인생. 내 마음과 내 손으로 일구는 내 인생.

도시락
인생

———

대학 시절, 학교 앞 도시락집을 좋아했다. 비싸지 않고 양도 적당하며 미리 전화 주문도 가능했다. 게다가 주인은 친절했고, 단골에게는 가끔 계란 후라이가 나올 때도 있었다. 또 한편으로는 이렇게 혼자 밥 먹는 사람이 나뿐만은 아님을 보여주는 장소이기도 했다.

졸업 전에 취업을 했던 나는, 취업이 확정된 다음 날도 도시락집에 갔다. 도시락집 안에는 후배들이 있었는데 한 후배가 나에게 "형 취업 축하드려요! 이제 이런 도시락 안 먹겠네요, 부럽다."라며 말을 건넸다. 취업이 아직 실감나지 않았던 나는 '이런 도시락'을 먹지 못한다는 것보다는 이제 학교를 떠나면 '여기서' 먹기 어렵겠구나 싶었다. 취업이 누군가에게는 '도시락으로부터의 해방'이라는, 부러움의 대상이었던 것이다.

아침 점심 저녁 밤. 회사에서는 늦은 시간까지 일하는 만큼 치러야 하는 식사도 많았다. 내가 있던 팀은 사내식당에 내려갈 여유도 없어서 주로 배달을 시키거나 포장을 해와서 먹었다. 학생 시절 4천 원에 해결했던 도시락은 회사원이 되니 1만 원을 호가했다.

바쁜 와중에 치르는 식사는 '밥을 먹는다'가 아니라 '끼니를 때운다'였다. 덕분에 나의 속은 늘 더부룩했고, 신입사원의 소망은 '프로젝트를 따내야지'가 아니라 '밥 같은 밥 먹고 싶다'가 되었다. 겨울에 입사를 했던 나는 안타깝게도 소망을 실현하지 못한 채 봄나물이 반찬으로 나올 즈음 퇴사를 했다.

"나가면 어떻게 밥 먹고 살려고?"라는 걱정 섞인 물음에 나는 "뭐, 굶지만 않으면 되죠."라고 대답했고, 그러면 으레 "그래 뭐, 아직 젊으니까."라는 말이 돌아왔다. 내가 제대로 하고 싶었던 대답은 "어떻게 먹고 사냐고요? 꼭꼭 씹어서요."였다. 내가 먹는 것이 전부 잘 씹히지는 않더라도 매 끼니 꼭꼭 씹어서 삼키고자 하는 마음, 한 주먹보다도 작은 그 오물거림은 과연 지나친 욕심이었을까. 그것이 욕심이라면 무엇 때문에 돈을 벌고 무엇 때문에 밥을 먹는지 이해되지 않았다.

이른 나이에 입사하고 또 이른 나이에 퇴사한 덕분에 남다른 시차로 내 생활을 찾아보는 시간을 갖고 있다. 이 기간이 자신의 삶을 찾는 청춘의 노력으로 포장되기도 하며, 나 또한 그런 류의 모험을 하고 있다고 착각했던 적이 있다. 그러나 지금은 아니다.

천상병 시인이 남기고 간 구절을 지지하고 싶다. 산다는 일을 소풍으로 여기고 싶다. 하여 우리가 할 일은 틈틈이 도시락을 챙겨야 하는 일이 아닐까 한다. 나는 그저, 새로운 도시락을 만들기 위한 준비를 하는 것이다. 이 도시락은 이런 맛, 저 도시락은 저런 맛, 메뉴판에 이미 있는 메뉴를 고르는 것도 쉬운 일이 아니지만, 어차피 쉬운 일이 아니라면 나는 새로운 도시락을 싸고 싶다. 무엇보다 소풍을 왔으니 친구들과 나누어 먹을 것이며, 나중에 설거지하기 쉽도록 남김없이 먹을 것이다.

나는 그렇게
구별되고 싶다

스물여섯에 사회로 던져졌고 어영부영 스물여덟이 되고
말았다. 그 사이 회사도 여러 군데 들어갔다 나왔다. 광고
를 전공했던 나는 주로 광고나 마케팅 관련 회사에서 근
무했다. 그런 곳에는 자신만의 독특한 라이프 스타일을
추구하려는 부류가 많다. 남들보다 먼저 알고 싶은 것이
많고, 남들보다 다르게 보기 위해 안경도 곧잘 바꾸곤 한
다. 하지만 부분이 아닌 대부분이 그렇기 때문에 한편으

로는 그런 면모들이 보편성으로 작용하는 것 같다.

스물다섯에 처음 책을 내놓은 뒤 매년 책을 내놓고 있다. 내가 만든 책에는 글이 담겨 있지만, 사진으로 그림으로 영상으로 책을 만든 사람들을 만날 수 있어서, 다양한 사람들과 대화해볼 기회가 많아졌다. 이들도 작가라는 명칭으로 자신만의 삶을 살아가는데, 또 한데 모아놓고 보면 모두가 자신만의 삶을 살아간다는 면에서는 별 차이가 없어 보인다.

자신만의 삶이란 어떤 것일까. 정도의 차이는 있겠지만 어쨌거나 내 주변의 다른 사람들보다 내가 조금 더 구별되는 삶이려나. 그렇다면 역시 '다른 사람들'에 준거할 수밖에 없는 셈일 테고.

그리고 그런 삶을 꾸리는 방법을 두 가지나 알고 있다. 하나는 그 어떤 집단이나 군중에 속하지 않고 혼자 팔짱을 끼고 서 있는 것이고, 다른 하나는 묵묵한 사람들 사이로 들어가 그들에게 팔짱을 끼는 것이다. 먼저 팔짱을 끼는 사람, 나는 그렇게 구별되고 싶다.

넌
할 수 있어

———

첫 회사에 다니던 시절, 새벽 2~3시 즈음 퇴근하는 일이
다반사였다. 대중교통이 없으니 택시를 타야 하는데, 슬
프게도 광고회사 앞에는 그 시간에도 택시 몇 대가 기본
으로 기다리고 있었다. 어떤 분은 지난밤에 탔던 바로 그
택시를 또 탄 적도 있다고 했다. 제때 퇴근해서 대중교통
을 이용했다면 더 좋았을 텐데 말이다.

말아먹다 못해 너무 많이 빌어서 빌어먹었던 하루, 택시라도 상석에 앉아 라디오를 듣곤 했다. 심야 택시의 할증붙은 라디오는 나에게, 그 시간에도 노래가 신청된다는 가능함과 또 어딘가 다른 택시에 나처럼 지친 사람이 있다는 쓸쓸함을 알려주었다.

퇴사를 처음 다짐하게 된 것도 택시에서였다. 그날도 연이은 야근에 녹초가 되어 택시를 탔다. 라디오에서는 어렴풋이 들어보았던 노래가 나왔다. 강산에의 〈넌 할 수 있어〉였다. "너라면 할 수 있을 거야 그게 바로 너야 굴하지 않는 보석 같은 마음 있으니"라는 가사를 가진 노래다. 나는 차창에 머리를 박은 채 힘없이 생각했다. '그래, 나도 할 수 있다. 그게 바로 나다. 굴하지 않는 보석 같은 마음 있는 나.'

며칠 뒤, 나는 퇴사했다. 퇴사는 내가 할 수 있는 것이었다. 할 수 있다는 말이 '보통은 힘든 것이나 어려운 것을 참고 버틸 수 있다', '난관을 헤쳐나갈 수 있다'는 의미이지만, 당시의 나는 내가 할 수 있는 최선을 이미 다했고, 그것을 내가 잘 알고 있었고, 그래서 '할 만큼 했다'고 느끼고 있었다. 그래서 주변의 만류에도 할 수 있는 일을 해 버렸다.

노력하는 사람에게 "넌 못 할 거야."라고 말하는 일이 폭력이라면, 더 이상 노력하기 어려운 사람에게 "넌 할 수 있어."라고 말하는 것도 폭력이다. 그런 의미에서 퇴사는 폭력에 대한 일종의 반격이었으며, 나는 앞으로도 폭력을 당하고만 있지는 않을 것이다. 이 다짐은 복수나 반격을 하겠다는 것이 아니라, 내가 원하는 일에 최선을 다해 노력했다면, 굴하지 않는 보석 같은 마음을 지켜내는 일 또한 최선을 다하겠다는 뜻이다.

버티는 재능이
없다는 것

버티는 재능이 없다는 것. 이것은 나에게 축복이다.

나의 글은 파편에 불과하다. 내가 무언가를 버텨야 할 때 마주하는 불편함들이, 망치처럼 나를 때릴 때 나오는 파편. 내가 나를 지켜야 한다. 그러기 위해 내가 나를 때려 보아야 한다. 타인이 나를 지켜줄 수도 있겠지만 아직은 내가 그것을 원하지 않는다.

자존심이나 자존감이나, 거기까지 갈 것도 없이 나는 나 자체를 자존한다. 이것은 하나의 언어다. 제0외국어다. 이 언어를 구사할 줄 아는 사람과 속삭일 때가 가장 신난다.

나는 인간에 대해 모르고 당신에 대해서도 모른다. 또 나에 대해서도 모른다. 그러나 나에 대해서는 알고 싶고, 그래서 노력한다. 말은 더욱 유심하되 글은 더욱 서슴없이.

가족들로부터 배운 것

———

물어보기 전에 먼저 스스로 찾아보는 예의

기대와 다른 결과에 연연하지 않는 무심함

최선을 다하지 않았을 때의 후회는 본인의 몫

부부가 서로 믿는 성실함

가장도 부엌일을 하는 돋보임

자신에게 좋은 것을 가족에게 강권하지 않는 인내

거짓말 하면 크게 혼나는 수고스러움

밖에서 맞고 들어오면 안 되는 훈련

남부럽게 살진 못해도 남부끄럽게는 살지 말자는 의지

윗사람을 섬기고 아랫사람을 보듬는 질서

가난하지 않다고 생각하는 믿음

드라마 다음 장면을 예상하는 민첩함

가끔 오는 손님을 반가워하는 여유

혼자만의 시간을 존중하는 시야

독서의 경건함

가슴 아픈 사연을 뛰어넘는 해학

나는 가족들로부터 위의 것들을 배웠다.

그리고 적어도 이것들만은 꾸준히 기억하기로 한다.

스물여덟이
되고

───────

아침에 일어나서 가장 먼저 하는 일은 화장실에 가는 일이다. 화장실을 나와서 가장 먼저 하는 일은 물을 끓이는일이다. 온수가 나오는 정수기가 있지만 100도까지 끓지는 않는다. 나는 스프를 먹기 위해 정수기에서 뜨거운 물을 받는다. 그 물을 냄비에 넣고 끓인다. 냄비에 끓이는이유는 주전자가 없어서다.

냄비에서 물이 끓는 동안, 나는 스프 가루를 머그컵에 넣는다. 물은 뜨거운 물을 끓인 것이기 때문에 금방 끓는다. 머그컵에 물을 붓는다. 스푼으로 젓는다. 버섯 향이 아니라 버섯스프 향이 난다. 따뜻하다. 호호 불어서 조금씩 입으로 가져간다. 작은 옥탑방이지만 옥상도 있고 작은 방도 있기 때문에 스프를 먹으며 한 바퀴 천천히 돌아본다.

옥상에 가서는 바깥 온도를 가늠하고 작은 방에 가서는 오늘 입을 옷을 가늠한다. 옥상에는 편의점에서 쓰는 테이블과 의자들이 있다. 지금은 겨울이라 사용하지 않는다. 작은 방에는 옷과 책이 전부다. 읽고 있는 책도 아직 다 못 읽었지만, 책장에 꽂힌 책들을 보고 모험심에 사로잡힌다. '언젠가는 저 책들을 다 읽을 것이다'라고.

사실 책에 '아직 다'라는 사족을 붙인 것도 결례일 수 있다. 아무도 나에게 아직도 그 책을 읽느냐고 채근하거나 비아냥거린 적이 없지 않은가. 누군가 내가 만든 책을 읽을 때 그런 마음을 가지지 않기를 바란다. 안 읽히면 안 읽기를 바란다. 모르는 사람, 알 수도 없는 사람이 만든 자그마한 책을 읽느라 자신의 시간을 소모하지는 않기를 바란다. 세상에는 수많은 책이 있고 앞으로도 또 있을 것이다. 부디 모험하지 않기를 바란다.

얼마 전 스물여덟이 되었다. 아무 감흥도 절망감도 없다. 전에 나이를 먹었을 때는 변화가 많은 시기여서 호들갑을 떨었는지는 몰라도, 지금은 큰 변화가 없을 것이라는 예상 때문이다. 이런 나는 부정적인가. 다시 자신감을, 열정을 가지기가 조심스러워진다. 나는 '청춘'이라는 말을 믿었던 나를, 순진했던 나를 아직도 가여워하고 있나 보다.

단기 아르바이트 1일차 :
백날 얘기해 봤자

———

5월 황금연휴를 맞아 백화점에 단기 아르바이트를 하러 왔다. 오늘은 3일 중 첫째 날, 어린이날이지만 요즘은 외동아이가 많아서 그런지 어른이 더 많다.

같이 일하는 누나가 몇 살이냐고, 학생이냐고 묻는다. 나는 "회사 다니다가 그만두고 쉬고 있어요."라고 대답했다. 회사 다닌 기간보다 쉬고 있는 기간이 훨씬 길어서 뻘쭘했다. 누나는 83년생, 올해 서른다섯이란다. 누나도 회사

다니다가 그만두고 아르바이트로 생계를 유지하는 중이라고 했다. 그러면서 나에게 "젊을 때 많이 경험해보는 게 좋지~. 근데 그때는 모른다! 백날 얘기 해봤자다~."라고 했다.

스무 살 넘어서부터 세면 도합 62번 정도 들은 이야기였다. 그런데 가만히 생각해보니 진짜 백날 연속 얘기 들으면 질려서라도 알아들을 것 같기도 하다. 백날 만에 사람 되면 신화되는 거 맞죠?

단기 아르바이트 2일차 :
사람 마음이라는 게

―――――

둘째 날. 같이 일하는 누나가 오늘은 여자친구 있느냐고,
얼마나 만났느냐고 묻는다. 나는 여자친구 있고 5개월 만
났어요, 라고 대답했다. 그랬더니 누나는 "얼마 안 만났네
~."라고 했다. 나는 5개월 만나본 것도 처음이라 이틀 연
속 몰래 뻘쭘했다. 남자친구와 2년 반 만났다는 누나는
확실히 사람은 최소 사계절은 만나봐야 아는 것 같다고
했다. 덧붙여 "겨울하고 여름이 사람이 다르데이~. 사람

마음이라는 게 겨울엔 추버서 붙어 있고 싶다가도 여름 되면 바로 마 짜증 나쁘그든~."라고 했다.

살면서 13번 정도 들은 말이었다. 그런데 갑자기 궁금해졌다. 우리나라는 한 해에 계절이 네 개나 있어서 1년은 만나봐야 한다지만 한 해에 계절이 한 개 혹은 두 개인 나라는 확실히 최소 얼마나 만나봐야 하는 걸까. 지구촌 로맨스 정보가 궁금하다.

단기 아르바이트 3일차 :
내가 유일하게 고를 수 있는

———

아르바이트 마지막 날. 같이 일하는 상희 누나가 결혼 언제 할 거냐고 묻는다. 나는 '언제라고 묻기 전에 하긴 할 거냐고 묻는 게 먼저 아닌가?' 생각했지만 그냥 "모르겠어요, 누나는요? 2년 반 만났다면서요."라고 반문했다. 그랬더니 누나는 "나는 혼자 편하게 살고 싶네~."라고 했다. 덧붙여 "가족이란 게 부모도 형제자매도 자식도 내가 고를 수가 없는데~ 내가 유일하게 고를 수 있는 가족이

배우자그든. 그래서 이 선택이 참 쉽지가 않네. 어렵다 어
려버."

배우자. 살면서 처음 들어본 말이었다. 살면서 유일하게
선택할 수 있는, 고를 수 있는 가족이라니. 고른다는 표현
이 진열된 상품을 고르는 것처럼 느껴질 수도 있지만, 사
실 고른다는 말에는 '숨 고르기'라는 말처럼 가다듬어 안
정시킨다는 뜻도 있다. 또 배우자라는 말도 글자 그대로
들어보면 더 진취적인 말이기도 하다. 배우자. 앞으로도,
계속, 어렵더라도, 쭉.

나는 누구와 언제쯤 배우하게 될까. 나부터 고른 사람이
되어야 할 텐데. 나라는 사람도 사는 동안 한 번쯤은 누군
가에게 그런 사람이 될 수 있을까. 함께 생활을 가다듬고
같이 숨을 고를 사람이. 어느새 열정보다 걱정이 많아진
스물여덟이다.

결혼하고
싶다

―――――――

결혼하고 싶다. 약속하고 지낼 여자를 만나고 싶다.

비 오는 점심이면 오후의 무지개 생각으로 들뜨고 싶다.

무소유는 아무것도 가지지 않음이 아니라 불필요한 것을

가지지 않음이라는데, 아내를 소유하고 싶다.

아내와 더 필요하고 싶다. 좋아해서 싸우고 좋아해서 다

투고 싶다.

더 좋아를 해서 더 사과를 하고 싶다.

시간과 시를 들여 책을 만들어주고 싶다.

쑥스럽겠지만 가끔은 쑥스러움 때문에 그 책 읽어주고
싶다.

오 해 의
소 지

―――――

"그래도 기택 씨는 좋아하는 일을 하잖아요. 안 그래요?"
라는 말을 종종 듣는다. 그런데 나는 내 입으로 글 쓰는
일을 좋아한다고 말한 적이 한 번도 없다. 어떤 일을 꾸준
히 해왔다는 사실이 오해의 소지가 될 수도 있음을 이제
라도 알겠다.

나는 여전히 글 쓰는 일을 좋아하지 않는다. 너무나 어려

운 일이다. 하지만 발전한다는 느낌을 주는 유일한 일이다. 생활을 꾸리기 위해 전기가 필요하고, 전기를 만들기 위해 발전이 필요하듯, 나에게는 '글 쓰는 일'이 필요하다. 상투적이더라도 어쩔 수 없다. 나만의 일은 아니지만 나에게 어떤 일이 필요하고 어떤 일이 나를 발전시키는지 알고 있는 것으로 만족한다.

같은 또래,
다른 일상

———

독립출판에서 만나게 된 사람들 중에서는 친구나 또래보다 선배 혹은 형들 누나들이 많다. 덕분에 물질로든 경험으로든 나보다 여유 있는 동료들로부터 배우는 점이 참 많다.

동료들의 나이는 내가 회사에 다닐 때 차장님, 부장님 또래와 비슷하다. 하지만 회사에서 만난 사람들이 회사에서 살아가기 위해 (혹은 살아남기 위해) 삶을 지탱하던 방식과, 내 동료들이 삶을 지탱하는 방식은 너무도 다르다.

독립출판 씬에 있는 나의 동료들 대부분은 과거에 회사 생활의 경험이 있고, 현재는 본인이 하고 싶은 작업을 하거나, 이건 너무 아니다 싶어서 뛰쳐나온 경험이 있다. 그것이 용기든 객기든 간에 말이다. 쉽게 말해 세상의 기준에서 보통의 삶을 일정 구간 버텨본 경험이 있고, 그것을 거부해본 적이 있는 사람들이다. 그래서 삶이라는 것이 모종의 덧없음과 내통하고 있다는 것에 동의하며, 살아있다는 것과 살아간다는 것의 차이점을 알고 있는 사람들이다.

처음 회사에 들어갔고 처음 회사를 나왔던 스물여섯, 그때의 나는 청춘의 시간을 더 만끽하고 제대로 보낼 '시간', 그 시간이 가장 비싸다고 생각했고, 그래서 그것을 찾아 회사를 나왔다. 어느덧 그 시간들을 다 사용해버렸고, 그 사이 내가 외면해왔던 것들을 이제는 조금씩 책임지고 싶어졌다.

다행히도, 회사를 나가야겠다는 결정은 내 인생의 자양분이자 어떤 역치를 키우는 계기로 작용했다. 그때 회사를 계속 다녔다면 나는 지금 내가 누리고 만나고 걱정하고 우려하는 것들과 다른 것들을 걱정하고 있을 것이다. 그것이 무엇인지는 함부로 예단할 수 없겠지만, 내 몸에는 지금 나를 둘러싼 걱정들이 덜 불편하다. 그래서 후회에 대해서 말하자면, '후회하지 않는다'보다 '후회할 수 없다'가 더 적절한 표현일 것이다.

가끔 동료들에게 물어본다. 당신의 친구들은 지금 어떻게 살고 있고, 당신과 어떤 것들이 달라졌는지. 어떤 친구가 남아 있고, 어떤 친구 곁에 남게 되던지를. 그렇게 나와 내 친구들도 서로 다른 길을 가겠지만 어떤 휴게소에서는 우연히 만날 수도 있었으면 한다.

소중과
중요

———

새벽 4시, 골목을 비추는 김에 내 방까지 비춰주는 가로
등 불빛이 흔들거린다. 아마 며칠 동안 계속 흔들거릴 것
이다. 그러다가 아예 빛을 못 내게 되면 갈아 끼워질 것이
다. 예상이 늘었다. 이런 향상은 긍정적일까 부정적일까.

요즘 무척이나 열심히 살지만 '좋은 날이 올 거야'라는 희
망적 태도는 아니다. 그냥 내가 지금을 열심히 사는 게 좋

아서 그러고 있다. 또 예전에는 싫은 것이 있으면 싫은 티를 꼭 내야 했는데 이제는 티를 내지는 않는다. 이런 변화는 긍정적일까 부정적일까.

어쩌면 긍정과 부정조차 흑백이론일 것이다. 그리고 흑백이론은 개인이든 집단이든 인간이 가지기 편한 사고방식이다.

소중과 중요, 한동안 나의 흑백이론으로 가져보면 어떨까한다. 그래서 나의 흑백이론에 기반을 둔 두 가지 사실은다음과 같이 양립한다. 내가 세상과 결합해 변해가고 있다는 중요한 사실과, 내가 이 변화를 느끼고 기록하며 살고 있다는 소중한 사실 말이다.

꿈과 잠꼬대를 사이에 두고 두 사람이 서로 몸부림친다.

자기 전 건투를 빌어주는 나와, 일어나서 또 하루를 살아 보자는 내가. 중요하고도 소중한 나와, 소중하고도 중요한 내가.

우리, 집에서,
자요

―――――

서울에서 회사 다니던 시절. 자정이 넘어 퇴근을 했다. 회사 앞에는 택시들이 줄 서 있었다. 내가 나온 건물 안에는 아직 사람이 많았다. 택시에 탔다. 나는 택시라도 상석에 앉았다.

택시에서 내리니 술에 취해 길거리에 널브러져 있는 중년의 남성이 보였다. 양복 차림인 그의 몸은 횡단보도에 있

었고 한쪽 팔을 인도 보도블록에 걸치고 있었다. 취했다
기보다는 세상에 무언가를 빼앗긴 듯한 모습이었다. 나는
그의 몸을 일으켜 인도 위로 올려놓을까 고민했지만 나에
게 모르는 남을 도울 여력은 없었다.

나는 그를 지나서 나의 집, 아니 나의 방으로 향했다. 원
룸, 투룸, 나와서 살며 몇 종류의 방에는 살아봤지만 내
집을 가지는 일은 엄두조차 나지 않는다. 오르막길. 뒤를
돌아보았지만 나는 그대로 가던 길을 갔다. 어떤 길이 내
가 가야 할 길인지도 모른 채.
도착. 물을 한 잔 마시고, SNS에 오면서 본 중년의 남성이
안타깝다고 남겼다. 그리고 곧바로 후회했다. 이렇게 쓸
바에야 차라리 일으켜 세워드릴 걸 하고. 그날 밤 나는 책
제목을 지었다. 우리, 집, 잠. 나에게 가장 결핍된 세 가지
였다.

언제 처음
글을 쓰셨나요?

————

"중학생 때 국어선생님을 사모했어요. 마음 달랠 길이 없으니 무언가를 계속 끄적이던 시절이었지요. 한번은 국어 시간에 황동규 시인의 〈즐거운 편지〉를 접하게 되었는데, 그 시가 유독 와 닿았습니다. 그즈음부터 집에 있던 시집들도 몰래 읽고 했던 것 같아요. 부모님이 문학서클에서 만나신 덕분에 집에는 예전 책들이 무척 많았습니다. 그것들에 마음 아파하면서 제 나름대로도 막 흉내 내곤 했었죠. 그러면서 백일장을 기다리게 되었습니다. 교내 백일장에 내면 선생님이 보실 거니까."

'언제 처음 글을 쓰셨나요?', '어떻게 글을 쓰게 되셨나요?'라는 질문을 받고 했던 대답이다. 한마디로 말하면, '국어선생님을 좋아해서'일 것이다. 그리고 더욱 소상하게 말하면, 누군가를 '좋아해서'가 아니라, 누군가에게 '사랑받고 싶어서'였을 것이다. 나의 글은 언제나 그랬고, 앞으로도 그렇지 않을까 한다.

감정과 기록이
화폐인 사람에게는

───────

부천에서 '오키로미터'라는 책방 겸 카페를 운영하는 김병철 사장님. 그는 하루하루의 매출기록에 휘둘리지 않기 위해 노력한다고 했다. 하루하루를 계산하다 보면 자신이 더 힘들어질 수 있다고. 그래서 그는 일 단위가 아닌 월 단위로 본다고 했다.

그렇게 나도 한 달을 주기로 나의 일기장을 펼친다. 나는 어떨 때 펜을 들었나. 어떤 감정을 가장 많이 팔았으며 누구를 반가워했나. 어떤 기분이 가장 많이 들었으며 얼마나 많이 자책했는가. 순이익을 따져보며 다음 달을 소망해본다. 절약하지 않아도 되기를. 더 많이 벌고 더 많이 줄 수 있기를. 감정과 기록이 화폐인 사람에게는 일기장도 가계부가 될 수 있다.

매 일 은 아 니 지 만
계 속

———

우리는 언제 어쩌다 일기 쓰기를 멈추게 될까. 아마 학교에서 숙제처럼 일기를 써낼 때까지 쓰고 그 후로는 학업이다 방황이다 잘 쓰지 않게 되는 것 같다. 어쩌면 교복을 입게 되고, 성적이 되지 않는 일기 쓰기 같은 건 뒷전이 되는 흐름 속에서 자연스럽게 잊었는지도 모르겠다. 격동적인 사춘기에도 계속 일기를 쓴 사람은 그 자체로 자신의 역사를 보존해놓은 셈일 것이다.

내가 다시 일기를 쓰게 된 건 훈련소 때였다. 마음대로 말할 수는 없었지만 몰래 적을 수는 있었던 시절. 그렇게 제대할 때까지 일기를 썼다. 복학 후 정신없이 1년을 보내면서는 쓰지 못했지만, 1년 뒤에 긴 여행을 떠나면서 다시 일기를 쓰게 되었다.

그 뒤로 매일은 아니지만 계속 일기를 쓰고 있다. 나는 일기를 쓸 때 하루의 끝에 갈무리하며 쓰기보다, 하루 안에 머물면서 그때그때 느낀 감정을 기록해둔다. 이 방식은 훈련소 때 작은 포켓수첩에 기록해두던 방식에서 비롯된 것 같다. 또 그 탓인지 주로 좋은 감정보다 내가 갇혀 있는 기분, 당장 해결하지 못하는 감정 상태의 기록이 많다. 좋은 기분이 들었을 때는 그 기분을 만끽하느라 기록할 시간이 잘 없기도 하다.

일기를 쓰고, 내가 쓴 일기를 내가 다시 볼 수 있다는 것은 굉장한 특권이자 유용한 일이다. 예를 들어 오늘이 7월 7일이다, 유난히 힘들었던 날, 이를 증거로 남기기 위해 일기를 쓴다. 그 다음은, 다른 해 같은 날에 썼던 일기를 들추어본다. 짜잔~ 어머나. 그때도 힘들다고 적혀 있다. 그때도 유독 힘들었다고 생각해서 기록해두었는데, 지금 생각해보면 그때 힘들었던 것은 애교다. 이렇듯 삶이라는 것이 연속적이거나 주기적이진 않지만 순환되는 리듬 같은 것이 있지 않나 싶다. 이 순간 또한 진행되고 지나가리라는 것을 알고, 내 일기장에 또 어떤 이야기를 적어갈 수 있을지를 기대할 수 있는 약간의 여유. 굳이 작가가 아니라도 일기장이라는 책을 만드는 즐거움 중에 하나다.

배 려 에
대 하 여

———

자기 의견을 확실히 하는 것.

그리고 그것을 고집하지 않는 것.

나는 그게 배려라고 생각한다.

기꺼이
그리고 가까이

나도 창작하고 제작하는 사람 중 하나. 내놓음에 대한 두려움은 처음도 아니면서 도통 적응되지 않는다. 그리하여 작품을 내놓음에 앞서 동료에게 고민을 꺼내놓은 것은 일각이었던 빙산이 녹기 시작했다는 징조다.

나 자신을 타자화하는 일에 어려움을 겪는 나로서는, 비슷했거나 비슷한 고민을 내게 털어놓는 당신과의 대화야

말로 실로 유익한 영감이다. 부디 우리 언젠가 이 추운 바다에서 각자 잘 녹아 섞여 있기를 빌어본다. 녹을 때는 기꺼이, 섞일 때는 가까이.

안도와 안일 사이

———

실수를 통해 배울 수 있다는 것으로 안도하지만,

아마도 앞으로 저지르게 될 실수는 더 많을 것임에,

하루 중 눈 감고 숨 쉬는 시간이 꼭 필요하지 않을까.

어떤 상황에서도 배운 게 있었다는 사실은

왜 나를 더 안일하게 하는 것일까.

요즘의
기도

———

요즘은 하루하루 기도를 한다. 따로 믿는 신은 없다. 처절
하지 않기 위해 철저히 기도한다. 구체적으로 한다. 무엇
도 멀리서 오지 않는다. 내가 점점 다가간다. 강한 의지보
다 다양한 의지를 드러낸다. 굳이 감사할 일도 많다.

그러다 미워질 땐 사력을 다해 미워할 것이다. 지금의 내
모습은 내가 사랑하는 사람 몇몇의 미워했던 모습, 그것

들의 합이다. 내가 하루에 만들 수 있는 몇 사람의 미소와 감탄, 그것이 나의 연료다.

그러니까
자주 쉬어가도 돼

―――――

속도를 줄이려고 브레이크를 밟는 사람이 있는가 하면, 그냥 그 속도대로 핸들을 꺾어버리는 사람도 있지. 위험하지만 그렇게 드리프트를 터득하게 돼. 매 커브에 쓸 수는 없겠지만 살아있으려는 노력은 하는 거지. 에어백이 있다지만 그건 안 터질 수도 있잖아. 우리가 사는 세상은 마음껏 연료껏 달릴 수 있는 허허벌판이 아니라 장애물이 있고 그 장애물마저 바퀴가 달린 세상이잖아. 그러니까 자주 쉬어가도 돼. 목적지까지 장애물을 피해가는 게 아니라 어느 찻집이 분위기 있는지, 어느 횡단보도에 산뜻한 걸음이 있는지를 발견하는 거야.

막 춤
클 럽

클럽에 가본 적이 한손에 꼽을 정도다. 모르는 사람들이 어둠 속에 한데 모여 춤을 추는 일은 어쩐지 어색하다. 창의적인 춤을 추고 싶지만 왜 그런지 유행에 뒤처지지 않는 춤을 선보여야 할 것 같아 풀이 죽어버린다.

여건이 된다면, '막춤 클럽'을 만들고 싶다. 말 그대로 다 같이 모여서 막 춤을 추는 거다. 춤을 잘 추는 사람, 현란

하거나 돋보이는 사람은 퇴장 조치한다. 다시는 들어올 수 없다. 아니 우리 막춤꾼들의 영역을 침범할 수 없다.

재미있지 않을까, 막춤을 추기 위해 돈을 내고 입장권을 사야 하는 일. 게다가 '나 같은 사람이 나만 있는 게 아니었구나'하는 반가운 사실까지 확인할 수 있다. 누구라도 만들어주면 꼭 가고 싶다.

엄마가
왔던 날

―――――

엄마가 올라왔다. 나는 집을 떠난 지 올해로 8년이 되었
는데 내가 지내는 곳에서 엄마가 잠을 자는 날은 오늘이
처음이다. 인천의 이모집에서 저녁을 먹고 서울의 내 방
에 도착하니 자정. 엄마도 나도 피곤했지만 나는 엄마를
모시고 집 근처 마사지샵으로 갔다. 월급을 받는 회사원
일 때는 곧잘 들리곤 했는데 회사를 나온 뒤로는 처음이
었다. 1인당 55,000원짜리 기본 코스로 결제를 했다. 11만

원. 영수증도 받았다. 아마도 엄마랑 내가 각자 거의 10시간씩 일을 해야 벌 수 있는 돈이다. 마사지는 고작 1시간이지만 나는 그 돈을 꼭 쓰고 싶었다. 아니 그 시간을.

차를 마시며 발마사지를 받은 후, 마사지실에 나란히 누웠다. 엄마 또래로 보이는 태국 여성 두 명이 들어왔다. 엄마도 마사지를 받고 나도 마사지를 받았다. 나는 욱신욱신 등마사지를 받다가 문득 시간이 참 많이 흘렀다는 생각이 들었다.

중학교 1학년 때, 그러니까 지금부터 11년 전 일이다. 우리 반에 조금 특별한 친구가 있었고 그 친구를 유독 괴롭히던 옆 반 무리가 있었다. 나는 그 모습이 보기가 싫어 무리 중 한 명을 때렸는데, 출혈이 심해 병원에 갔다. 그때 나는 "부모님 모시고 와."라는 말을 처음 들었다.

당시의 나는 아빠를 무서워하고 멀리했기에, 엄마에게 전화를 했다. 통화 내용은 기억나지 않지만 엄마가 곧 학교에 왔다. 엄마는 녀석의 담임 선생님과 면담실에 들어갔고 나는 면담실 밖 복도에 서 있었다. 그 사이 하교종이 울렸고, 텅 빈 운동장에서 농구공 소리가 뜨문뜨문 들렸다. 면담실 문이 열리고 엄마가 나왔다. 엄마의 눈가에는 눈물이 차 있었다. 나는 화가 났다. 엄마를 울린 선생님이 싫어서였다. 사실 엄마를 울린 건 선생님이 아니었는데 말이다.

엄마와 나는 운동장을 가로질러 나왔다. 농구공 소리는 이미 사라지고 없었다. 엄마는 다시 회사에 가야 한다고 했다. 엄마 회사로 가는 전철 안에서 나는 물었다. 아빠한테 말할 거냐고. 엄마는 아빠도 이미 알고 있고 지금 다시 통화를 할 거라고 했다. 나는 엄마에게 짜증을 냈다. 당시 아빠는 너무 엄한 사람이었다. 엄청 혼 날 게 뻔했다. 나는 잔뜩 겁먹은 채로 아빠 전화를 받았다. 그러나 아빠는 화내거나 혼내지 않았다. 오히려 너도 많이 놀랐겠다며, 앞으로 이런 일 없으면 된다고 담담하게 말했다. 그때 나는 처음으로 사람 많은 전철에서 펑펑 울었다. 아직까지는 마지막이기도 하다. 물론 그 뒤로도 부모님은 가끔 학교에 오셔야 했다.

마사지를 받다가 '그때 엄마는 회사에 무슨 말을 어떻게 하고 학교로 왔을까'라는 생각이 들었다. 그리고 놀랍게도, 그때 그 사건이 처음으로 미안해졌다. 내가 문제를 일으키지 않았더라도 이미 충분히 고단했을 텐데. 나는 부모님이 학교에 오시는 일을, 내가 삐뚤어지는 일을 당연하게 여겼던 것 같다. 그런 시기를 어렵사리 부르면 질풍노도일까. 나는 엄마한테 그때 회사에 뭐라고 하고 나왔냐고, 그때 학교로 오는 길에 어떤 기분이었냐고 물어보려다 참았다. 호화로운 한 시간이 욱신거리며 지나갔다.

언 젠 가
어 느 한 칸 에 서 는

———————

3-3, 3-2, 3-1, 2-4. 전철을 타면 몇 칸을 더 통과한다. 사람들 속 책 읽는 사람을 발견하기 위해서. 어디서 무엇 하는 누구인지도 모르지만, 그런 사람을 발견하면 하루를 더 순조롭게 통과할 수 있을 것만 같다.

하루는 내가 탄 전철 한 칸에 책 읽는 사람이 세 명이나 있었다. 책 읽는 그들의 자세는 저마다 달랐지만, 모두 나를 도와주었다. 책 읽는 청년의 하품이 나를 깨워주었고, 책 읽는 이모의 짝다리가 나를 꼿꼿이 해주었고, 책 읽는 학생의 턱 괸 모습이 내 오후를 괴어주었다.

나는 오늘도 직사각형의 책을 들고 직사각형의 전철에 들어간다. 언젠가 어느 한 칸에서는 우리도 서로 발견되어준다면, 또 몰래 반가워해준다면, 날카로운 직사각형도 부드러운 타원이 될 수 있지 않을까 한다.

언 제 까 지
버 티 나

———

고향을 떠나 13번째 자리다. 금요일에 이사를 왔으니 장 장 4일 만에 청소와 짐 정리를 하고 누웠다. 새벽 여섯 시 가 다 되어간다. 정리는 건강에도 정신에도 참 좋은 것 같 다. 옥탑방 창밖으로 주상복합아파트가 보인다. 살고 싶 지도 않지만 엄두도 못 낼. 그러나 저 아파트의 가게들을 쉽게 이용할 수 있어서 아주 편하다. 그러나 내 것을 사용 하는 생활에 비하면 내 것이 아닌 것을 이용하는 생활은

터무니없이 하찮다.

옥탑에 작은 화분을 놓으려 했는데, 큰 화분을 놓아야겠다. 여기 2년 계약의 끝 즈음이면 나는 서른을 앞두고 있을 것이다. 계약 인생. 그 사이 어떤 친구는 새로운 계약으로 부부나 부모가 될 수도 있으며, 또 어떤 친구는 세상과의 계약을 해지할지도 모르겠다. 나? 난 너무 허약하다. 잘된 어른들보다 못된 아이들이 부럽다.

내 눈앞에 비스듬히 서 있는 테이블, 저 다리의 나사를 조여야 하는데. 미루고 있다. 바른 자세가 아님에도 버티는 것을 보면 그냥 둬보게 된다. 얼마나 버티나. 언제까지 버티나.

어렵다
어려워

얼마 전 〈꿈과 광기의 왕국〉이라는 다큐멘터리를 보았다. 일본의 거장 미야자키 하야오와 지브리 스튜디오 이야기를 담은 일본 다큐멘터리다. 은퇴를 앞두고 마지막 작품을 만드는 과정을 가만히 관찰하는 것이 매력적인데, 기억에 남는 한마디가 있다.

"어렵다, 어려워."

미야자키 하야오도, 그와 함께해 온 스즈키 도시오도, 후반 작업을 하는 직원들도, 모두 고개를 약간씩 절레절레 흔들며 "어렵다, 어려워."라고 말하고 있었다. 그들은 알고 있을까? 같은 작업을 하는 다른 사람들도 "어렵다, 어려워."라고 말하는 것을. 그들은 모두 어렵다고 말했지만, 그렇게 말하면서 하던 일을 계속 해나갔고, 결국 끝을 보았다.

"못하겠다, 못해먹겠다."가 아니라 "어렵다, 어려워." 하면서 계속 해나갈 수 있는 일. 나도 모르게 그런 추임새를 넣게 되는 일, 나도 그런 일을 찾을 수 있을까?

파도를 멈추는

유일한 방법

———

파도를 멈추는 유일한 방법은

사진을 찍는 것뿐이다.

나 스스로
나를

―――――

'책을 만들 수 있는 것'과 '작가로 살아가기로 한 것'에는
엄청난 간극이 있다. 타인이나 본인이 불러주는 작가라는
호칭이 아니라, 나 스스로 나를 작가라고 인정할 수 있는
가. 인정하기로 했다면, 생활의 사건을 받아들이고 구성
하는 방식도 바꿀 수 있는가.

이를테면 토론에 있어, 시민논객의 자리에서 토론 패널의
자리로 옮겨 앉을 수 있는가, 토론자로서 본인의 기준에

의한 논리와 감성을 전개할 용기가 있는가. 비판이나 반론, 어쩌면 매력 없는 비난까지도 감수할 수 있는가. 이런 고민의 경계를 넘어가는 중이다.

낭 만 에
대 하 여

―――――――

〈낭만에 대하여〉를 쓰고 부른, 나보다 이미 40년을 더 살
아낸 사람이자 음악가 최백호 아저씨의 인터뷰에는 다음
과 같은 대목이 나온다.

> "계속 해야죠. 계속 하면 여든 즈음에는 지금보다는 잘
> 하겠죠."

나에게는 내가 겪고 꾸며낸 이야기를 손에 잡힐 책으로 내놓는 일이 그러하다. 내가 계속할 나의 생업. '천천히'가 아니라 '꾸준히'다.

더
솔직하고 싶다

―――――

글을 잘 쓰고 싶다는 생각을 해본 적 있다. 그러나 대부분
은 '글을 잘 쓰고 싶다'보다 '더 솔직하고 싶다'였다. 타인
이 나에게 다가오는 이유도 나를 떠나가는 이유도 나의
솔직함 때문이라 생각한다. 나는 말을 할 때 "솔직하게 말
해서," 하고 운을 떼우는 사람을 무시하려 한다.

나에게는 말을 한 것을 글로 쓰는 일과 글을 쓴 것을 말

로 하는 일, 이 두 가지가 다 필요한 것 같다. 나는 세상의 진리라는 것이나 도덕적이라는 내용만을 표출할 순 없다. 또 그런 것이 있다고도 생각하지 않는다. 그래서 나의 문장이나 마디를 한탄하지 않는다. 지나친 솔직함이 부끄러울 때는 있다.

친절한 사람이
해로울 때가 있다

친절한 사람이 해로울 때가 있다.

당신의 친절이 나라는 사람을 친절하게 대해주고 싶어서가 아니라, 당신은 타인에게 친절한 사람이어야 한다는 이유 때문이라는 사실이, 나에게 무척 해로워질 때가 있다.

그렇게 연인이 해로울 때가 있다.

연애를 잘하는 당신과 있으면, 당신의 연인이 굳이 내가 아니어도 되었을 것이라는 느낌이 들 때가 있다. 당신의 인생 속에 연애라는 구간이 여러 개 있고, 나는 그 중 한 구간에 대입된 인물처럼 느껴질 때가 있다.

그러나 그 어느 때보다 해로울 때는, 나라는 존재가 누군가에게 해로운 존재라는 사실을 문득 깨닫게 되었을 때다. 사과하는 일조차 해로움을 키울 것 같아서, 훌쩍 떠나버릴까 고민할 때가 있다.

위 안 에
대 하 여

———

이야기를 만듦으로써 위안하는 사람이 있다는 것은, 이야기를 들어주는 일로써 위안하는 사람도 있다는 것을 증명한다.

그리고 '위안하다'라는 말에는, '어떤 사람이 다른 사람을'이라는 목표가 있다.

책을 꽂는
방식으로

———

여러 칸의 책꽂이가 있고, 그 칸마다 책들이 앉아 있다. 그중 내가 읽고 마음에 더 닿은 책으로 대우를 해주는 칸이 따로 있다. 다른 책들은 아무 칸에나 단칸방처럼 비좁게 모여 있다. 아직 읽지 않은 책들에게는 미안하고, 읽었지만 닿지 않은 책들과는 서먹하다. 내가 사람을 대하는 방식은 내가 책을 대하는 방식을 닮았다.

당신이 사람을 대하는 방식은 당신이 무엇을 대하는 방식과 닮았는지 궁금하다. 이런 이유로 당신의 생활을 보고 싶다.

필요
충분조건

———

모든 사람에게 좋은 사람이 될 수 없다는 사실을 익히 잘 알고 있다. 그래서 어떤 사람에게는 나쁜 짓이 될 줄 알면서도 주저 없이 행동하기도 한다. 또 그 나쁜 행동의 몫만큼 내가 어떤 사람에게는 좋은 행동을 하려고 한다. 내 나름대로는 균형을 맞추고 있는 셈이다. 그러나 세상은 그 정도로는 어림도 없다며, 충분히 나쁜 사람을 내 생활에 필요 이상으로 많이 보내주곤 한다.

위와 비슷하게, 마냥 긍정적인 것보다는 싫은 사람 한 명쯤은 있는 게 좋은 것 같다. 일종의 면역력 유지 차원에서도 필요할지 모른다. 긍정적이기로 유명한 내 친구 K는 얼마 전에 별안간 싫은 사람이 생겼는데, 사람을 싫어해 본 적이 거의 없었던 K는 마치 방향을 잃고 혼미해진 나침반처럼 감정의 갈피를 못 잡더라. 심지어 잠잠하던 여드름도 다시 났다.

나는 위 관점을 나에게 관철시키기 위해서, 맞는지는 모르겠지만, 수학시간에 배웠던 필요충분조건을 엮어두려고 한다. 누군가를 충분히 좋아하기 위해서는 다른 누군가를 싫어하는 일도 필요하지 않을까 하고.

사소한
승리감

———

인간의 우열이랄 게 아니라 그냥, 그냥 가끔은 저 인간보다 내가 낫다는 정도의 사소한 승리감이 있어야 좀 괜찮지, 살맛도 나고. 이렇게나 인간이 많은데. 속으로 그 정도 원펀치쯤이야.

루트

$\sqrt{}$

아무 상대방이나 존중해줄 순 없다. 본인의 루트를 열심히 제곱해가는 사람을 존중할 것이다. 이것은 앞으로도 그러하다. 나완 다른 루트더라도. 루트 안에는 저마다 다른 실수가 있을 것이다.

2.

그 계절을 따라

변하는 나뭇잎처럼

요즘
다시

요즘 다시 아무 욕구가 없다. 잠만 계속 온다. 수면욕이 있는 것도 아닌데. 계속 여름 탓을 할 수밖에 없다. 가을이 되면 수영을 배우기로 했고, 간단히 출근도 한다. 부디 긍정적인 욕구가 생기기를 바란다.

나를 사랑하는 사람이 나로 인해 쓸쓸해지는 것만큼 쓸쓸한 일은 없다는 것을 느끼고 있다. 비굴한 이야기지만 나도 견뎌내고 있다. 당신이 나를 사랑하는 방법은 나를 사랑하는 방법이 아니라 당신이 사랑을 하는 방법이다.

나는 그것 때문에 여름을 더 탓하고 있다. 너무 닳은 무기

는 무기가 아닐 것이다. 눈물을 아끼자.

굳은
살

―――――

언젠가부터 발바닥의 굳은살을 뜯지 않는다. 새살이 다시
굳은살이 될 것을 알기 때문이다.

이쯤 되면 새살이라기보다 '굳을 살'이 맞는 표현일지
모르겠다. 굳은살을 뜯는 일이 한때는 이래저래 작은 희
망적 활동이었는데, 이제는 그런 희망들이 더 번거로워
졌다.

그러자 다른 살들도 조금씩 굳어갔고, 나는 전처럼 쉽게 상처 나지 않았다. 굳은살은 새살과 달라서 베이거나 찔려도 잠시 따끔할 뿐 눈물이나 피가 나지는 않았다.

나는 비로소 무감각해졌다.

알아서
잘 하니까

—————

'재는 알아서 잘 하니까.'

어릴 때는 이런 말을 들으면 뿌듯하고 인정받는 기분이
들었다. 하지만 이제는 조금 쓸쓸해진다. 나를 도와주려
는 말을 다 흘려보낸 채 너무 알아서만 잘 살았더니, 내게
조언을 해주는 사람이 없다. 나에게 삶의 방향을 바꾸라
고 힘주어 말하는 사람이 없다. '재는 말해도 안 돼. 어차

피 자기 마음대로 할 거야'라는 식이려나.

나는 이 사태를 책임져야 한다. 나를 이렇게 만든 건 명백
하게 나 자신이라는 사실을 알고 있다.

그 시기를
지나가고 있네

———

힘들게 힘들다는 말을 꺼냈던 적이 있다.

내 말을 들어준 사람은 나에게 "그 시기를 지나가고 있네."라고 말해주었다.

나는 그 말이 너무 고마웠다.

함부로 공감해주지 않아서 고마웠고, 섣불리 위로해주지 않아서 고마웠다.

상대방은 별 뜻 없는 대화의 와중이었을지라도, 나에게는 그 한마디가 너무나 거대한 힘이 되었다.

"그 시기를 지나가고 있네."라는 말은 내가 그 시기를 지나갈 것을 담보한 말이니까.

예전에 나는 가끔씩 나를 '나는 우울한 사람이야.'라고 생각했는데, 이제는 '나에게도 우울할 때도 있어.'라고 생각하고 살아간다.

그러면 어느샌가, 또 지나가 있다.

긴 여행에서 돌아온
영근이 형은 말했다

"사계절이 있는 게 좋은 것 같아. 겨울이 지나면 봄이 오고, 또 여름, 가을이 올 것을 우리가 알기 때문에, 더 열심히 살게 되는 것 같아. 계속 덥기만 하고 마냥 춥기만 한 곳에서는, 지금은 결국 지나가고 다음이 올 거라는 기대를 하기가 힘들어지는 것 같아. 그래서 사계절이 있는 게 참 다행이야."

위 로 에
반 대 하 며

———————

타인을 위로할 수 있다고 생각하십니까.

그 생각이 교만하다 생각해본 적은 없습니까.

본인이 본인을 위로하려는 열정적 자위의 모습을 훔쳐볼

수 있도록 하는 것이, 차라리 더 낫지 않겠습니까.

그런 생활을
상상해본다

———

그런 생활을 상상해본다. 아침에 일어나 기지개를 켜고 창문을 연다. 바깥공기와 함께 물을 마시고 사과를 하나 대충 깎아먹는다. 자전거를 타고 일하는 도서관에 출근을 한다. 점심시간에 동료들과 밥을 먹고 학교를 걸으며 사람 구경을 하고 복귀. 업무를 충실히 끝내고 퇴근을 한다. 퇴근하면 친구를 만나거나 운동을 하고 밤에는 재즈바에서 라이브로 노래를 부른다. 때마침 퇴근한 애인이 재즈

바로 온다. 나의 노래가 끝나면 같이 우리의 집으로 간다.
자전거를 끌고 걸어서. 그날의 이야기로 카펫을 깔고.

친 구 들 과
나 에 게

───────

나는 회사를 다니지 않는 관계로 비교적 시간이 유동적이
다. 덕분에 회사 다니는 친구들의 푸념을 들어주는 시간
도 종종 있다. 격앙된 목소리, 힘 빠진 어깨를 보고 있으
면 '다들 살기 힘들구나'라는 생각이 든다. 마음이 아프다.

나는 가능하다면 친구들과 나에게 이렇게 말하고 싶다.
친구들아, 사회가 냉정하다고 우리까지 차가워질 필요가

있겠나. 우리는 각자의 숲에서 넉넉한 나무로 자라났으면 좋겠다. 구름 넘어가는 거에 따라 다른 나무에 그늘도 드리워주며. 조금 낮게 자라도 좋으니 누군가가 베고 싶어 하는 나무가 되지는 말자. 기필코. 맹세코. 오래오래 나이테를 두르자.

믿는 구석

———

믿는 구석이 있다는 말처럼,

믿음은 마음속 구석진 곳에 있어서

자꾸 들춰보아야 한다.

안 그러면 믿음이 없는 줄 알고 살게 된다.

나침반의
중심은 늘

———

한 타인을 선함과 악함, 예쁨과 아름다움 같은 기준들로 구속하기에는 그 사람 안에 너무도 여러 모습이 있을 것이다. 우리는 어떤 한 타인의 보편적 면모에 휘둘리지 않는 연습을 할 필요가 있다.

모든 타인에 대한 NEWS를 꺼두자.
North East West South.

타인이 어느 쪽으로 치우쳤는지에 대한 나침반의 중심은 늘 나여야 한다. 바늘이 요동치는 것은 나의 중심이 움직여서다.

작지만 각별한
문답 하나로

———

어릴 때는 뉴스에 나오는 사람들 이름이 죄다 '모 씨'였던 게 신기했다. 김 모 씨, 이 모 씨, 박 모 씨. 나쁜 짓을 한 사람도 나쁜 짓을 당한 사람도 전부 모 씨여서 엄마한테 이렇게 물었던 기억이 난다.

"엄마, 왜 TV에 나오는 사람들은 이름이 다 똑같아? 왜 다 모 씨야?"

처음 만난 사람과 이름을 교환한다. 분위기가 괜찮다면, 그 이름의 뜻도 물어보는데, 대부분의 반응은 "이름 뜻 물어보는 사람 처음이에요."다. 간혹 자신의 이름에 담긴 의미나 이야기를 힘주어 설명해주는 사람도 있다. 이러한 문답이 그 사람에게는 자신의 이름을 한 번 더 확인하는 계기, 나에게는 상대의 이름을 힘차게 기억하는 계기가 된 줄로 믿는다. 작지만 각별한 문답 하나로, 나를 만난 일이 다른 사람을 만난 일보다는 조금 각별했으면 좋겠다.

그거면 됐다
인마

───────

처음 책을 만들었던 2014년 여름, 고등학교 은사님을 뵈었다. 교복도 군복도 벗은 시기였기에 드디어 선생님과 삼겹살에 소주 한 잔 기울일 수 있었다. 나는 선생님께 내가 만든 책을 선물로 드렸다. 선생님은 "와, 우리 기택이 이제 진짜 시인이네~."라고 하셨다. 나는 왠지 부끄러워서 "제가 무슨 시인인가요. 아직 그럴 자격 없죠."라고 대답했다. 그랬더니 선생님은 내 쪽으로 고기 한 점을 놓아주시며 이렇게 말씀하셨다.

"기택아, 니는 남의 아픔, 남의 슬픔에 눈물 흘릴 줄 아는 사람 아이가? 그래서 니는 시인이 될 자격이 있는 기야. 계속 써라. 울지 말고."

고깃집을 나와서 2차로 호프집에 갔다. 나는 선생님께 보답하고 싶은 마음에, 선생님이 화장실 가신 사이 계산을 하고 밖에서 선생님을 기다렸다. 나는 선생님의 뿌듯한 얼굴을 기대했지만, 예상과는 달리 선생님은 상기된 얼굴로 가게를 나오셨다. 그러더니 내 뒤통수를 한 대 갈기시며, "나는 니가 선생님이라고 불러주면, 그러면 됐다 인마!"라고 하셨다. 그리고 내가 했던 계산을 무르고 다시 계산을 하셨다.

후회되지
않아?

———

나는 아직까지도 후회하지 않느냐는 질문을 받는다. 통속적이다. 친구들은 이제 정장을 입고 어떤 자동차가 좋을지 고민한다. 나는 아직까지도 죽은 시인의 책을 찾아다닌다. 기차는 칙칙폭폭 소리가 나지 않았지만 나는 여전히 오래된 동네에서 새로운 산책을 꿈꾼다. 통속적이다.

그럴수록 똑바로
살아야 하는데

———————

책방에서 몇 개월 일을 했었다. 가끔 손님 중에 책 추천을
부탁하는 분이 있는데, 그날의 손님은 책방에 틀어놓은
비지스BEE GEES의 노래에 맞춰 바운스를 타며 책을 살피
던 남자분이었다.

  "저 혹시. 고독에 관련된 책 있으면 추천 좀 해주실 수
있나요?"

"음, 고독이요?"

"네. 친구가 부탁을 해서, 하하."

나는 손님을 위해 고독을 찾는 시늉을 했고, 권여선의《안녕 주정뱅이》, 이도형의《오래된 사랑의 실체》, 정민호의《할로 케빈》, 마지막으로 태재의《우리 집에서 자요》를 추천해드렸다. 물론 나의 정체는 밝히지 않은 채. 손님은 추천받은 책들을 찬찬히 살폈다. 한참 뒤 계산을 하는 손님의 구입 목록에는 내 책도 있었다. 나는 속으로 '내 계산이 적중했군' 하며 책을 봉투에 담으려는데,

"와 그 시집이 되게 딱 와닿아가지고요."

"아 그러세요? 오~"

"네? 왜요?"

"제가 쓴 책이거든요."

"와, 대박! 진짜요?"

"하하, 네. 그렇게 안 보이죠?"

"네. 대박! 와, 그러면 사인해주세요!"

"감사합니다. 성함이 어떻게 되시죠?"

가끔 누군가에게 예기치 못한 행운이 될 때가 있다. 내가 뭐라고, 내 책이 뭐라고 한 사람을 움직이게 하며 애타게 하며 표정 짓게 하며 반가움과 기쁨이 들게 하는지. 그럴 수록 똑바로 살아야 하는데, 나는 자꾸 남들이 나를 좋아 해준다는 사실을 잊는다.

제대로 된
자신감일수록

대학생 때 교수님께서 그런 말씀을 하셨다.

"그래! 내 강기택이 네 근자감(근거 없는 자신감)은 높
이 산다!"

그때 나는 교수님께 이렇게 대답했다.

"교수님! 교수님이 높이 사신 게 제 근거에요!"

나란 녀석도 참. 한마디를 안 진다.

제대로 된 자신감일수록 딱히 근거가 없지 않을까. 지난
번 프로젝트가 성공적이어서? 영어 점수가 높아서? 이런
것들은 남들이 나를 믿기 수월하도록 하는 것이고 또 그
때였을 뿐이지 내 자신감의 근거가 되지는 않는다. 다 모
르겠고 그냥 한 번 더 나를 신뢰하는 것. 내가 하려는 이
것이 죽이 되든 밥이 되든 나는 물을 조절하고 불을 올리
겠다는 것. 그 과정에서 집중할 수 있다는 자기 신뢰. 그
것이 자신감이다.

우 려

———

이 말을 하면 떠날 것만 같아서
내 입을 못 떠나는 말들이 있다.

불편한
학습

———

새로운 연애를 시작하고 이전의 연애가 도움이 될 때, 지
나간 그대가 이제는 내 삶에 그저 도움이 되고 말았다는
사실이 자주 불편하다.

야간
하이파이브

스물일곱, 서울에 살던 때. 밤늦게 들어가는 길이면, 컵라면과 캔맥주를 사려고 편의점에 들르곤 했다. 그 야간 편의점 카운터에는 아버지뻘 되는 아저씨가 계셨다. 내 아버지도 편의점에서 야간 아르바이트를 하던 시절이었다. 당시의 나는 마음속 부채의식 때문인지 가능하면 아버지가 일하는 편의점과 같은 브랜드의 편의점에 굳이 들르곤 했다.

나는 여느 때처럼 컵라면과 캔맥주를 집어 들고 계산대에 올려놓았다. 체크카드에 돈이 얼마 남지 않았기에 적립금 으로 계산하려고 했다. 편의점 카드를 내밀었다. 아저씨 는 헤매셨다. 적립금 결제는 아직 한 번도 해본 적이 없다 고 하셨다. 헤매는 아저씨를 보는 게 왜인지 안쓰러워서, 나는 체크카드를 드리며 "그냥 이걸로 결제해주세요."라 고 했다.

하지만 아저씨는 웃으면서 "아니 나도 이거를 모르니까 배워야지. 잠시만 있어 봐요."라며 분투하셨다. 나는 적립 금 결제를 곧잘 해보았기에 과정을 알고 있어서 아저씨께 "이것 누르시고 이것 하시면 될 거에요."라고 알려드렸다. 적립금 결제를 해낸 아저씨는 "오, 됐나? 됐다! 고마워 요!"라고 말씀하시며 나에게 하이파이브를 하셨다.

내 아버지가 편의점에서 일하지 않았더라면 아마도 나도 느린 계산에 답답했을 수도 있을 것 같다. 내 가족의 모습, 혹은 내가 겪었던 모습이 다른 누군가와 누군가의 가족을 이해시킨다. 자신이 지금 그런 모습이 아니라고 해서, 그런 고충을 겪는 사람에게 '그때는 다 그런 거지' 생각하지 않았으면 한다.

참나,
멋 져 서 선택하다니

———

지금도 변변찮은 벌이가 없지만, 벌써 노후의 직업을 생각한다. 학교 경비아저씨다. 언젠가 인터넷에서 '예고 경비아저씨의 클라스'라는 게시물을 봤는데, 경비아저씨가 낙엽을 쓸어서 글씨를 쓴 것이었다. 나는 그 행위가 너무 멋져서 나도 나중에 학교 경비아저씨가 되어야겠다고 생각했다.

참나, 직업을 멋져서 선택하다니. 내가 딱 이 정도 수준이다. 급여는 얼마나 되는지, 산업적으로 발전 가능성이 있는지, 지역은 어디인지 이런 것들은 생각하지 않고, 단순히 '멋져서'라니.

내가 가졌던 첫 번째 직업인 카피라이터를 지망할 때도 참 단순했다. 집은 나가야겠고 그러면 대학을 멀리 가야 하고, 대학에 가야 하니 전공을 선택해야 되는데, 할 줄 아는 건 글 조금 쓰는 것뿐이고. 시인이 되자니 가난하다고 해서 그건 또 싫고. 그럼 글 써서 돈 버는 직업 중에 뭐가 제일 잘 버느냐고 선생님께 물으니 카피라이터라고 했다. "기택이 너는 수업시간에 엉뚱하고 기발하니 너랑도 잘 맞을 것 같네."라는 말도 함께.
나는 또 그 한마디에 기분이 좋아가지고 카피라이터를 해야겠다는 다짐을 해버리고 광고과에 진학했다. 그리고 학교를 재미있게 다니고 광고회사에 카피라이터라는 직업을 가지게 되었다. 하지만 불행히도 멋져본 적은 없었고, 아쉽게도 다른 카피라이터가 멋지다고 느껴졌던 적도 없었다. 그냥 내가 너무 순진했던 것 같다.

더 이상 순진하긴 싫지만 나는 여전히 엉뚱해서, 지금 문득 궁금한 점이 있다. 선생님은 선생님이라는 직업만 해봤으면서 어떻게 학생들에게 직업을 추천해줄 수 있는지, 그렇다면 나는 또 동생이나 후배들에게 어떤 직업을 또 추천해줄 수 있는지, 그런 행동이 무책임하거나 교만한 것은 아닌지 고민이 된다.

3 만 원

———

3년 전에 친구가 죽었다. 3년 전에도 나는 빈곤해서, 친구 가는 길을 배웅하러 갈 차비도, 배웅하는 친구 편에 부칠 조의금도 없었다. 그래, 단돈 3만 원이 없었다. 아는 동생 에게 급히 3만 원을 빌렸다. 이 동생이 죽으면 누구한테 돈을 빌리나, 라는 생각을 했다. 그러다가 앞으로는 항상 3만 원 정도는 갖고 있어야겠다, 라는 생각을 했다. 그러 다가 갑자기 두 명이 죽어버리면 어쩌지, 라는 생각도 했다. 그러다가 내가 죽으면 내 통장에 3만 원밖에 없었다는 것을 알 사람들은 어쩌지, 라는 생각까지 했다. 그러다가 다시 죽었다는 친구 생각을 하고 아직은 죽지 않은 친구들 생각도 하며, 다음번에 친구가 죽을 때에는 가난하지 않아야겠다, 라고 생각했다.

나는 내가
그런 친구여도

————

가끔 혼자서 모든 것을 다 잘하려 하는 사람을 본다. 잘하는 것이 몇 가지만 명확한 나로서는 그런 사람을 보면 피곤하고 외롭겠다 싶다. 과연 모든 것을 다 잘할 수 있을까.

내 선에서 방법을 생각해본다. 음. 음. 아마도 친구를 사귀고 친구가 되어주는 일이 최우선이지 싶다. 누군가는 음악을 잘 알고, 누군가는 문학을 잘 알고, 누군가는 영화를 잘 알고, 누군가는 경제를 잘 알고, 누군가는 요리를 잘 알고, 그런 사람들이 서로 친구가 되어 주의 깊게 물어보고 편하게 알려주는 일. 나 또한 유용하고 필요한 친구가 되어주는 일. 감성적으로. 상징적으로. 나는 내가 그런 친구여도 상관이 없다.

나는 무엇을 잘 아는 친구가 될 수 있을까. 될 수 있다면, 나는 음악이나 문학 그런 것들보다 친구의 입꼬리를 잘 올리는 친구가 되면 좋겠다.

그들은
모른다

———

글을 잘 쓰게 해주겠다며 단어나 문장, 문단의 길이 따위들을 교정해주려는 어른들이 있다. 그런 것들은 1도 도움이 안 된다.

그들은 모른다. 좋은 책을 읽고 좋은 문장을 읽는 것, 그리고 그것보다 좋은 사람을 읽는 일이야말로 글쓰기를 향상시킨다는 사실을. 벌어진 앞니가 보기 싫다며 교정기를 채울 것이 아니라, 벌어진 앞니를 가지고도 어떻게 자신을 좋아하며 살지를 알려주어야 한다.

가 을 하 늘
오 늘

———

주방기기를 만드는 공장들 사이에 살고 있다. 이사를 도
와준 오랜 친구는 나에게 "니가 철이 없어서 철 많은 곳
에 사는구나."라며 너스레를 떨었다. 전에 살던 동네에서
는 매미소리 새소리 고양이소리가 많이 들렸는데, 이 동
네는 싱크대와 그의 동료들이 태어나는 기계소리 쇳소리
가 나름의 고요다.

아침이면 햇살이 창만큼 들어와서 나를 기다리고 있다. 그리고 늘 들리는 희미하지만 웅장한 노랫소리. 어떤 공장에서 라디오를 켜놓은 것 같다. 옛날 노래들이 나오는데 반갑게도 대부분 내가 아는 노래들이다. 오늘의 첫 곡은 장필순의 '나의 외로움이 너를 부를 때'.

몇몇 단어들을 챙겨서 집을 나선다. 가을. 하늘. 오늘.

낙 엽 떨 어 진
빗 길

낙엽 떨어진 빗길이 예뻐 보이는 이유는 이 길을 청소할
사람이 내가 아니기 때문일까. 이 계절엔 그런 일들이 더
러 있는 것 같다.

계절의
풍채를 따라

———

그렇게 시시각각 변화에 맞출 필요는 없다. 그 계절을 따라 변하는 나뭇잎처럼 내년 같은 풍채면 된다. 인간이 몇 해를 살아도 이런 풍경은 매년 가슴 먹먹하지 않은가.

예쁜 말만
알고 있었을 때

———

내가 예쁜 말만 알고 있었을 때가 그립다. 그러니까 내가 아무 말도 할 줄 모르던 유아 시절, 조건 없이 나를 사랑해주었던 사람들이 내가 예쁘고 따뜻한 말만 하는 사람으로 자라도록, 내 귀로 말이 들어올 만한 모든 거리에서, 보잘것없는 한 단어와 힘없는 한 문장마저도 예쁘게 하려고 했을 시절. 말을 들을 줄만 알고 할 줄은 몰랐던 그 시절이 그립다.

내가 누군가를 어여뻐 하고, 그 사람의 입에서 어떤 말들
이 나왔으면 하는지를 몸소 느끼고 나니, 비록 나는 기억
을 못 하는 시기였지만 그때 내가 받았을 사랑이 어떤 것
인지를 조금은 알 것도 같다.

나는 나를
그렇게 알고 있다

———

많이 외로운 것은 아니다.

나의 외로움도,

내게 필요한 것도,

각각 낱개다.

목이 말라서 물을 마시는 게 아니라

물이 마시고 싶어서 물을 마신다.

가끔 연락이 안 될 때는

글을 쓰거나 우울하거나다.

글을 써서 우울하거나

우울해서 글을 쓰거나가 아니다.

나는 나를 그렇게 알고 있다.

관계의
잔인한 부분

———

관계의 잔인한 부분은 내 친구가 누군가에게는 악인일 수 있고 내게 악인인 사람이 누군가에게는 친구일 수 있다는 것, 그리고 그것보다 내 친구가 내가 보는 앞에서 누군가에게 악인이 될 때. 그 누군가가 왠지 나 같은 사람일 때.

다음
사람에게는

―――――

미안한 마음과 사과하고 싶은 마음은 다르다. 사과를 해 버리면 상황이 바뀐다. 미안하지만 상황을 바꾸고 싶지는 않다. 이제 와서 여지를 주고 싶지는 않다. 그것은 결국 더 미안해지는 일이기 때문이다. 나는 여기서 더 미안해하고 싶지 않다. 지금도 너무 벅차다. 부디 그대도 내게 사과하지 않기를 바란다. 무엇보다 우리 각자 다음 사람에게는 지금보다 덜 미안해하면 좋겠다.

기억을
정리할 때

———

한 사람에 대한 기억을 정리할 때, 나쁜 기억부터 정리해
버린 나머지, 결국에는 좋은 기억들만 남아버린다.

이별, 해본 적 있다고 만만해했지만 오래되어 감을 잃었다.

전화번호를
잊어내는 일

―――――

군이 외웠던 전화번호를 잊어내는 일은 그 번호를 외우던 일보다 훨씬 더 어렵고 오래 걸린다. 요즘처럼 번호 외울 필요가 없는 시대라면 더욱 그렇다. 그래서 번호를 지우는 일은 잊어보겠다는 허약한 의미만 있고 실제로는 정말 아무 소용없는 짓이다. 잊어보겠다 지웠지만 지우던 순간까지 기억하게 되었다.

예쁘다는
말

나는 내가 예쁘다고 느끼는 사람에게 일부러 예쁘다는 말을 한다. "예쁘다.", "예뻐.", "예뻐요.", "예쁘군요." 등등 말하는 순간 내 입부터 예뻐지는 말들이다. 그런데 예쁘다는 말을 들은 사람들의 반응이 '뭐야, 이 사람 왜 이렇게 흘리고 다녀?'라든지 '아니요, 저 예쁘지 않은데'라는 식이면, 그때는 나도 더 이상 그 사람이 예쁘지가 않다. 그리고 만약 내가 흘렸다고 해도 흘린 것을 본 사람이 좀 닦아주면 되는 것 아닌가? 당신이 얼마나 아니 예쁘길래.

또 앞의 경우보다 더 예쁘지 않은 반응도 있다. '그래 맞아, 나 예뻐요!'라고 할 때다. 이 경우 그 사람은 더 이상 예쁜 사람이 아니라 멋진 사람이다. 자신의 예쁨을 인정할 줄 아는 멋진 사람 말이다.

나는 살면서 더 쭉쭉 예쁘다고 말하고 싶고, 내 주변에 멋진 사람들이 빵빵하면 좋겠다. 더불어 나도 가끔은 예쁘고 멋진 사람이면 좋겠다.

한 번 죽 는
인 생

―――――

몇 년 전까지 요절을 기대했었다. 천재는 요절한다던데 나 또한 천재니까 당연히 요절해야 마땅한 것이었다. 그러나 나는 글씨도 잘 쓰고(천재는 악필이라 하니), 나이도 냠냠 맛있게 먹고 있다. 물론 고작 몇 가지 증거로 인해 내가 천재라는 사실이 취소되는 것은 아니다. 의학의 발달로 평균수명이 늘어났고, 평균 요절 연령도 높아졌다고 생각한다. 그러니 나처럼 자신이 천재라고 생각하는 사람이 있다면, 본인이 요절하지 못했다고 좌절하지 마시라. 우리 모두 언젠가는 죽는다. 한 번 죽는 인생 바보처럼 살아가자. "시방 이 구역의 천재는 나여!"라고 착각하면서!

내가 기다린
만큼이라도

———

강남에서 친구를 만나기로 했다. 광고회사에 다니는 친구다. 광고회사 경험자인 나는 친구가 늦거나 오지 못할 것에 대비해 혼자서도 꽤 오랜 시간을 보낼 수 있는 곳에서 기다리는 습성이 생겼다. 교보문고에 갔다. 읽고 싶었던 책을 몇 권 검색하고, 두 권 정도 들고 빈자리에 앉는다. 한 권을 읽겠지만 두 권을 고른 이유는, 처음 든 한 권이 나랑 맞지 않을 수도 있으니까. 책을 본다. 책을 읽는

다. 두 시간 정도면 짧은 책 한 권은 읽을 수 있다.

책을 다 읽었다. 기대 이상의 유익한 독서였다면 '일찍 오길 잘했어', '내가 먼저 기다리길 잘했어' 하며 내가 읽은 그 책을 산다. 기다렸던 친구를 만나면 그 책을 친구에게 선물한다. 자, 너를 기다리면서 읽은 책이야. 고생했다, 오늘도.

사람을 만날 때 빈손으로 만나는 것보다 뭐라도 주기를 좋아한다. 드문드문 지하철이나 좌판에서 뭔가를 사오는 아버지의 영향도 있겠지만, 기본적으로 받을 때보다 줄 때가 마음 편한 것이 사실이다. 오늘 나에게 시간과 공간을 내어준 사람에게 내가 좋게 읽은 책을 선물하고, 우리가 만났다는 사실을 책이라는 증거물로 남기는 일. 내가 노리는 일이다.

관계에서 매개는 늘 필요하다고 생각한다. 기억하거나 추억하거나 할 때, 언젠가 잊히더라도 문득, 무형이 아닌 유형의 몇 센티미터 공간으로 인해 나를 생각나게 하는 것. 내가 기다린 사람에게, 내가 기다린 만큼이라도 남겨지고 싶은 욕심이 있다.

3.

우리는 각자의 숲에서

넉넉한 나무로

원 위 치

———

술에 취하면 다양한 걸 뒤집어 놓는다. 편의점 의자, 안전 제일 표지판, 라바콘 등등. 그 중 압권은 사람의 마음인데, 다음 날 고맙다는 메시지를 간혹 받는다. 이미 뒤집혀 있던 그 사람 마음을 본의 아니게 한 번 더 뒤집었나보다. 그래서 원위치.

아깝지 않은 일이 있어
다행이지만

————

시를 쓸 때는 나만 할 수 있는 일이라는 느낌이 들고 산문을 쓸 때는 내가 몰랐던 나를 발견하는 느낌이 든다. 이두 가지 일이 나에게 느낌을 주는 일이며 확인된 바 남에게도 느낌을 준다고 한다. 밤을 다 써버려도 아깝지 않은일이 있어 다행이지만, 오래도록 풀리지 않는 숙제가 생길 때는 꽤 불행한 일이다. 특히 나의 연인에게는 더.

아끼는 펜을
잃어버렸을 때

———

아끼는 펜을 잃어버렸을 때. 도저히 찾을 수가 없어서 체
념했다가 체념했던 것도 잊고 몇 계절이 지난 후 덜컥 코
트 안주머니에서 발견했을 때. 이제 다시 그 펜으로 쓸 수
있을 때. 너를 보았을 때. 잃어버렸다는 것은 아끼지 않아
서였다는 것을 알게 되었을 때.

아 킬

레 스

———————

혹 이별하셨나요.

눈물이 나시나요.

지나간 사람 때문에 눈물이 난다는 것은 지극히 건강한
과정입니다. 당신이 그를 만나는 동안 당신의 몸속에는,
그조차도 모르게 노폐물이 쌓였습니다. 물론 그의 몸에
도 당신 명의의 노폐물이 있을 것입니다. 그래서 지금 당

신이 눈물을 흘리는 일은 그 노폐물을 빼는 과정, 즉 정화
되는 과정입니다. 어쩌면 우리가 해낸 이별은 우리의 아
킬레스건이 되었지만, 우리는 모두 아킬레스건이 있어서,
아직 걸을 수 있고, 걸어가서 또다시 사랑할 수 있지 않을
까 합니다.

동의할 수
없었다

————

좋아하는 일을 해야 잘할 수 있다는 말
나는 동의할 수 없었다.

너를 좋아하는 일은
갈수록 어려웠다.

대 체
이 열 망 은

───────

내가 세상에 내놓는 물건이 많아질수록 쇠고랑을 차는 느낌. 더 이상 함부로 살기 어려워지는 이 느낌은 아, 되돌릴 수도 따돌릴 수도 없네. 나는 왜 사랑하도록, 글을 쓰도록 만들어졌는지. 언제든 떠날 준비를 하면서 왜 언제나 무엇을 남기려 하는지. 대체 이 열망은 언제쯤 꺼질까. 알아주기보다 기억해주길 바라는 이 열망은. 과거에 놓여질 모든 지금들.

천 하 제 일
안 경 대 회

―――――

점심도 저녁도 아닌 애매한 시간, 길을 걷다가 배가 고파져 분식집에 들어갔다. 분식집 안에는 친구 사이로 보이는 두 남자가 있었다. 방학이었지만 근처에 대학교가 있었기에 학생들인가 싶었다. 각각 안경을 낀 두 남자는 열띤 토론을 벌이고 있었는데, 분식집이 좁은 관계로 나는 그들의 대화를 다 들어야 했다. 최근에 일어난 사건에 관한 토론이었다.

"그건 사회적 관점에서 봤을 때……."

"그러면 경제적 관점에서는……."

"○○적 관점으로 보면 그럴 수 없지……."

"사실 그런 측면이라면……."

하나의 사회현상을 저렇게나 다양한 각도에서 보다니. 좀 배운 티를 내는 학생들이었다. 배운 티가 나는 것이랑 배운 티를 내는 것은 엄연히 다르다. 나는 그들의 대화가 마치 자신이 낀 안경을 자랑하는 것처럼 느껴졌다. 그들의 대화에는 '내 생각에는……'이 없었기 때문이다. '○○적 관점'이라는 몇 가지 안경의 소유자들. 안경을 쓴 게 아니라 안경에 의지하는 녀석들. 삶을 정면으로 응시하기보다 어떤 측면에서 접근하는 짜식들.

아, 배가 고파서 순간 예민해졌다.

어설픈
예민함

―――――

나는 나 자신이 말이나 글에 어설픈 예민함을 가지고 있
다는 것이 그 무엇보다 괴롭다. 나는 어째서 별 의미 없는
말, 뭐 실수 같은 글을 그냥 넘어가지 못하는가.

창작을
권장합니다

———

글이든 음악이든 그림이든 개인이 무언가를 창작하는 일을 적극 권장한다. 본인의 심혈, 그러니까 마음과 피를 기울여서 창작물을 내놓아보면, 타인의 창작물에도 더 감탄할 수 있지 않을까 한다. 그동안 내가 봤던 영화들, 들었던 음악들, 읽었던 글들이 얼마나 숱한 고민을 뚫고 나왔는지를 가늠이나마 할 수 있게 되니까. 그래서 나는 그 어떤 비평을 못 하겠다. 남의 결과물에 대해 언급할 때마다

맞춤법을 확인하는 내 모습이 영 탐탁지 않은 것이다.

각자의
할 일

———

글은 문자로서 할 일이 있고 말은 소리로서 할 일이 있다.
문자는 그 문자를 들이는 새벽, 밤, 오후, 낮 같은 분위기
의 영향을 받는다. 그래서 읽는 이는 같은 글을 읽어도 매
번 다른 분위기에서 읽을 수 있다. 소리는 어조나 크기,
박자 등의 음악적 영향을 받는다. 그래서 듣는 이는 즉시
기분이 바뀔 수 있다. 이런 이유로 글이 해결할 수 있는
문제가 있고 말이 해결할 수 있는 문제가 있다. 마찬가지

로 글이 만들 수 있는 문제가 있고 말이 만들 수 있는 문제가 있다. 글과 말에 관한 어설픈 규명을 해버린 나는, 가능하다면 농담은 말로 하고 비꼬는 건 글로 해야겠다는 다짐을 한다.

과 속
방 지 턱

책을 읽다가 과속방지턱을 지나듯 속도를 늦추게 되는 문
장이 있다. 내가 아는 누군가가 읽었으면 하는 문장. 그에
게 이 책을 권해볼까 고민한다. 아마도 너무나 무용한 일.
다른 책과 마찬가지로 이 책에도 셀 수 없을 만큼 문장이
많다. 어쩌면 그에 대한 나의 기억도 그라는 책 속의 한
문장 정도일지 모른다. 단지 그에게 속도를 내지 못했던
이유가 떠오를 뿐이다.

기억의
습작

2004년, 중학교 2학년 학교 축제 때 나는 노래자랑에 나
갔다. 자랑하기로 한 노래는 전람회의 〈기억의 습작〉. 그
시절에 그 나이의 학생이 할 만한 선곡은 확실히 아니었
다. 떨리는 목소리로 열심히 불렀지만 또래 중에 그 노래
를 아는 녀석은 있을 리가 없었다. 남학교 축제에 놀러
온 여중생들의 반응도 전혀 없었다. 아마도 선생님들이나
'쪼꼬만 게 기억의 습작이라니, 독특한 놈이군' 했을 것

같다. 지금 생각해보면 이상한 고집처럼 나의 조숙함을 과시하고 싶었던 것 같기도 하다. 중2병이었던 것 같다.

2012년, 제대 후 대학교 2학년 때 영화 〈건축학개론〉이 개봉했다. 영화의 흥행 덕분에 OST였던 〈기억의 습작〉도 유명한 노래가 되었다. 이제는 너무 많은 사람이 그 노래를 알아서, 그 노래를 안다는 사실은 자랑스러운 일이 아니게 되었다. 예전부터 좋아했다고 말할 수도 있겠지만 그마저 구차한 일이 될 것이었다.

2014년, 내 글로 내 책을 만들었다. 내 책을 들고서 가끔 마켓에 나간다. 그리고 더 가끔은 내 책을 구하기 위해 마켓에 찾아오는 분들이 있다. 어떤 분은 너무 유명해지지 말아달라고 당부하기까지 했다. 내가 너무 유명해지면 자기만 아는 작가가 아니게 된다고, 그런 것 싫다고. 말씀하시는 투가 딱히 간곡하지는 않은 덕분에 나도 "뭐, 봐서요 ~."라고 기분 좋게 받아들였다.

문득 내가 지금보다 더 알려지거나 유명해질까 궁금해졌다. 만약 그런 시기가 온다고 해도 내 의지와는 별 상관없을 것 같다. 그렇지만 그런 시기가 온다면 한번 경험해보고 싶기는 하다. 지금 나를 찾아서 좋아해 주는 사람들은, 내가 소문난 사람이 되면 나를 좋아해주지 않을까. 나라는 사람은 많이 변할까. 초심을 잃으려나. 뭐, 애초에 초심이랄 것도 없었다. 초심이 없는 덕분에 쌓이는 여러 마음을 점점 다듬어가는 태도로 지내고 있다. 무엇보다 이런 오지도 않은 일들을 상상하기 전에 그저 열심히 살고 꾸준히 기록할 일이다.

시보다 나

———

'제대로 된 시 몇 편 쓸 수 있다면
내 인생은 함부로 흘러도 좋을 텐데' 싶다가도,
'시를 누가 쓸 건데. 써도 내가 쓸 건데.
시보다 내가 더 중요하지' 한다.

이 책도
괜찮으실 텐데

———

두 계절 정도 책방에서 일을 했었다. 가을과 겨울이었는데, 겨울에는 추워서 사람이 잘 오지 않았다. 그날도 그랬다.

가뭄에 단비처럼 한 손님이 책방으로 들어왔다. 그분은 꽤 오래 책을 구경했다. 그런데 찾는 책이 없는지 본인의 스마트폰 속 사진을 보여주며 "혹시 이 책은 없어요?"라고 물었다. 확인해보니 재고가 없었다. 하지만 추운 날 여기까지 오신 분을 그냥 보낼 수 있는가. 빈손으로 돌아가는 손님을 바라볼 바에야 처음부터 손님이 없었던 게 낫다.

나는 손님께 말을 걸었다. "찾으시는 책이 없어서 죄송해요. 그런데 그 책 좋아하시면 이 책도 괜찮으실 텐데."라고 운을 띄우며 태재의 〈우리 집에서 자요〉를 추천해드렸다. 손님은 "아, 태재~ 집에 이미 있어요."라고 하셨다. 나는 기분이 무척 좋아졌지만 애써 침착한 척하며 "어? 진짜요? 제가 태재인데요."라고 말했다. 손님은 그제야 내 얼굴을 보더니 "오마마마맛! 어머어머." 하시면서 호들갑을 떨어주셨다. "몰라봬서 죄송해요! 그런데 이렇게 말 섞어도 돼요?"라고도 하셨다. 덕분에 나는 모처럼 연예인병에 걸린 작가인 양 행세할 수 있었다. 사람이 붐볐다면 동방의 한 연예인처럼 "익스큐즈뭬!!!"라고 외치고 싶었지만, 책방에는 손님과 나 단둘뿐이었다.

밖은 너무 추웠고 손님도 나도 말할 사람을 처음 만난 오후였기에, 우리는 책을 고르며 이런저런 이야기를 더 했다. 손님은 충주에서 자랐고 현재는 노량진에 살고 있다고 했다. 3년 동안 공무원 시험 준비를 하다가 지금은 다른 길을 찾아서 가는 중이라고 했다.

손님은 결국 내 책을 한 권 더 구매하셨고, 나는 "괜찮으시다면 사인해드려도 될까요?"라고 여쭤보았다. 손님은 "그럼 제가 영광이죠."라고 말해주셨다. 그냥 인사치레하는 말로 들을 수도 있겠지만, 나는 내가 누군가의 영광이된 기분을, 작은 손난로처럼 가지고 겨울의 책방의 문을 닫았다.

J
letter

————

받아온 편지들을 거의 모두 모아두었다. '거의'라고 표현한 이유는 도중에 몇 번 정리한 적이 있기 때문이다. 어린 마음에 싫어진 사람을 계속 싫어할 자신이 있어 찢어버린 편지와, 헤어진 뒤 계속 가지고 있어야 하는 나 자신이 가여워서 태운 편지들. 지금은 찢고 태웠던 기억마저 희미하다.

대학으로 떠났던 스무 살 이후, 가끔 집에 오면 더 가끔은 그 편지들을 꺼내 무작위로 읽어보곤 했었다. 하루는 그 편지들을 전부 다 서울로 가져가려고 몇 년 만에 다시 편지함을 꺼냈다. 몇 백여 통의 편지들이 모여 있는 편지함 옆에는 웬일인지 두 통의 편지가 따로 보관되어 있었다.

두 편지는 모두 J와 좋았던 시절에 J에게 받은 편지였다. 아마 편지라기보다는 사랑이나 편애에 가까운 것이었으며, J와 좋았던 시절이라기보다는 내가 가장 순수하고 뜨거운 시절이었다. 어느새 나는 이 편지를 따로 두었던 사실조차 잊고 살고 있는 것이다.

문득 J가 그리워졌지만 내가 알고 그리워하는 것은 그때의 J다. 나는 지금의 J를 전혀 모른다. 그리고 지금의 나는 편지를 받을 수 없다. 그러나 나는 이 편지에 답장을 했었던가. 그때의 나를 기억할 수가 없다. 그때의 내가 전혀 그립지 않다. 헤어진 후에 점점 더 시끄러워지는 나를 보는 것이 좀 불쾌했을까. 이제 와 힘없는 의혹이지만. 그때 닦아주지 않았던 눈물이지만. 남겨진 몇 편의 시가 있지만. 사람들만 그 시를 좋아하지만.

우리가 노래를
부르는 이유는

우리가 노래를 부르는 이유는 사랑한다는 말을 덜 부끄럽게 하기 위해서 아닐까. 멜로디 위에 사랑의 말을 태우기 위해서가 아닐까.

사람의 귀는 곡선으로 생겼기 때문에 직선의 언어보다는 곡선의 노래를 통해 사랑하는 사람의 귀로 들어가는 것이 덜 쑥쓰러워서 아닐까.

이상학
아저씨

―――――

대학을 가면서 집을 떠났고 돌아오니 8년 만이었다. 늘 그 자리에 있어주는 사람과 사물은, 떠났다가 돌아온 사람에게 위안이 된다. 가족과 집이 그렇고, 나에겐 우체부 아저씨도 그렇다.

아직은 딱히 출근하는 곳 없이 집에 있는 시간이 많다보니, 심심치 않게 택배를 받곤 한다. 여러 회사의 택배 아저씨가 저마다의 스타일로 물건을 전해주고 간다.

하루는 문을 열었더니 어디서 분명히 본 적이 있는 분이 미소를 짓고 계셨다. 내가 이 아저씨를 언제 어디서 봤더라. 순간 돌이켜보니 딱 우리 집 현관문에서 봤던 분이었다. 우체국에서 일하시는 이상학 기사님이다. 이 기사님은 바쁜 와중에도 언제나 미소를 짓는 분이라 기억에 남아 있었는데, 오랜만에 그 미소를 보니 혼자서 반가웠고, 또 반가운 만큼 놀라웠다.

무엇보다 내가 중고등학교를 다닐 적에도 이 기사님께서 웃으면서 우편물을 전해주시고 가셨는데, 아직도 이렇게 오가고 계시다는 사실이, 하나의 거대한 물결처럼 내 마음을 일렁이게 했다.

나는 이상학 기사님에 대해서 아는 것이 별로 없다. 그가 아저씨라는 것은 알지만 미혼인지 기혼인지는 모르고, 그가 우체부라는 것은 알지만 어느 우체국 소속인지는 모른다. 하지만 그가 꾸준히 또 여전히, 많은 사람들에게 물건과 함께 아름다운 미소를 전해주었다는 사실, 나처럼 그에게 물건을 전해받았을 또 누군가가 그의 인생에 경의를 표할 것이라는 사실은 알고 있다.

아저씨가 건강하게 오래오래 우리 집 초인종을 누르셨으면 좋겠다.

14층
아줌마

———

근 10년 만에 아파트 상가 안에 있는 미용실에 갔다. 미용실에서 반가운 14층 아줌마를 만났다. 정확히 몇 년 만인지는 모르겠지만 하여간 몇 년 만이었다. (우리 가족은 이 아파트에서만 23년째 지내는 중인데, 지금 사는 6동에 오기 전에는 1동에 살았다. 14층 아줌마는 우리 집이 1동에 살 때 세 층 위에 살던 이웃 아줌마다.) 14층 아줌마는 여전히 14층에 살고 있다고 했다.

아줌마는 "기택아, 여전히 잘 생겼네~." 하며 칭찬해주셨다. 나는 감사하다는 말은 했지만, 사실이기 때문에 그렇게 많이 감사하지는 않았고, 오히려 사실을 분명히 볼 줄 아는 아줌마의 건강함이 더 감사했다.

머리를 자르고 아줌마와 상가를 내려오는 계단, 아줌마는 내 주머니에 용돈을 찔러넣으려고 하셨다. "기택아, 집에서 논다며~." 하시면서. 나는 주머니를 감싸쥐며 거절했는데, 그 이유는 용돈이란 것을 받아본 지가 꽤 오래되어 어색하기도 했거니와 또 그것과는 별개로 집에는 있지만 놀기만 하는 것은 아니기 때문이었다. 나는 "안 주셔도 돼요, 저 글 써서 돈 벌어요!"라고 응수했지만, 아줌마는 특유의 인자한 표정과 유쾌한 목소리로 "기택아, 그게 백수다~."라고 말씀하셨다. 나는 내 직업에 대한 회의감을 잠시 느꼈지만 실제로 글을 여러 편이나 써야 벌 수 있는 돈을 거저 받았기에, "감사합니다. 아껴 쓸게요."라고 말했다. 아껴 쓴다는 게 돈인지 글인지는 밝히지 않았다.

아줌마는 예전에도 심부름을 가면 꼭 용돈을 챙겨주시곤 했는데, 내가 이렇게 받은 돈이 얼마나 될까 생각해보니 실제 액수만 합쳐도 꽤 두둑한 느낌이었다. 내가 자라는 동안 이따금 손으로 돈으로 쓰다듬어주신 14층 아줌마. 아줌마 말씀에 나는 볼 때마다 커 있는 동네 아들이지만 나는 여태 아줌마 이름도 잘 모르는 저 살기 바쁜 놈이다.

내 인생에 언젠가 금전적으로 풍요로운 시기가 온다면, 14층 아줌마에게 꼭 용돈을 드리고 싶다. 그리고 그런 시기가 오지 않을 수도 있으므로 한 가지 확실하게 다짐하자면, 나도 나중에 내 이웃집 꼬마에게 14층 아줌마 같은 이웃집 어른이 되어주어야겠다. 그 꼬마가 내 이름을 잘 모를 수도 있겠지만, 뭐, 나중에 그 아이가 자신도 그런 어른이 되고 싶어한다면 더 바랄 게 없겠다. 그렇게만 된 다면 세상의 몇 사람은, 적어도 14층 아줌마만큼은 영원 해지는 것이 아닐까 한다.

일종의
체질

프리랜서로 2주 정도 프로덕션에서 일을 하게 되었다. 그 프로덕션은 내가 두 번째로 다녔던 회사 근처에 있었다. 1차 미팅이 순조롭게 끝나고 나는 전 회사 쪽으로 발걸음을 옮겼다. 누구라도 마주칠까 긴장했는데, 점심시간이 끝난 뒤라 거리는 한산했다.

회사 앞 언덕길에는 백반집이 있었는데, 메뉴판에는 없었지만 라면을 기가 막히게 끓이는 곳이었다. 회사에 다니던 시절 아이디어가 떠오르지 않으면 가끔 가서 배라도 채우던 곳이었다. 문득 그 라면 한 그릇이 생각나서 백반집으로 들어갔다.

바깥이 보이는 자리에 앉아서 라면을 기다렸다. 맞은편에 앉은 아저씨는 대낮에 혼자 삼겹살에 소주병을 기울이고 있다. 사는 게 고단해서 그런가, 라고 섣불리 생각하지 않기로 한다. 그저 오늘따라 대낮에 삼겹살과 소주가 먹고 싶었을 수가 있다. 내 눈으로 본다고 해서 다 내 그림은 아니다. 남을 함부로 재단하지 않으려는 노력이 필요하다. 무엇보다 라면 한 그릇 먹으러 와서 이래저래 생각하는 것도 불필요한 일이다.

라면을 먹고 나오는 길, 회사의 사내 카페 바리스타 분과 마주쳤다. 서로 알아보고 가볍게 인사를 했다. 그는 나에게 "다른 곳으로 가셨나 봐요."라고 말했고, 나는 "네, 잘 지내시죠?"라고 말했다. 누군지는 알지만 어떤 사람인지는 모르는 사람과의 인사치레는 이따금 산뜻하게 느껴진다.

이렇듯 있었던 곳을 전부 떠나온 나는, 혼자 또 조용히 예전 동네에 가보기를 좋아하는데, 이런 습성도 일종의 체질인 것 같다.

재

알 고 보 면

재 알고 보면 착해.

저 사람도 알고 보면 여려.

이런 보호막들을 없애면 좋겠다. 나는 사람을 알고 보기
보다, 보고 알아가고 싶다. 우리는 모르고 봐도 착하고 여
린 사람, 마음 따뜻한 사람, 친절한 사람들을 당연시해서
함부로 대하는 경우가 종종 있지 않던가.

귀 향 이
대 세 인 가

———

주일 아침 가족들은 교회에 갈 준비를 했고 교회에 가지
않는 나는 설거지를 했다. 부엌 창문 사이로 뒷동 주차장
이 보이고 어떤 가족이 보이고 그 중에 나의 초등학교 친
구도 보였다. 밥그릇을 씻으며 "와, 저 친구 진짜 오랜만
이네." 들릴 정도의 혼잣말을 했더니 나갈 준비를 하던 아
빠가 "누구?" 하고 물어봐주신다.

"인제요, 조인제."

"인제? 인제 아빠가 아빠 친군데. 어, 맞네."

"쟤도 아마 우에서 공부할 텐데, 내리왔는갑네."

(저 아이도 아마 대학을 서울로 갔을 텐데. 고향에 내려왔나보다.)

어제는 태희가 혜련이를 봤다고 했다. 태희는 내 동생이고, 혜련이는 태희 친구고, 혜련이 언니는 박지연이라고 내 초등학교 친구다. 아무튼 혜련이도 부산 밖에서 학교를 다녔는데 얼마 전 고향으로 아예 내려왔다고 했다.

요즘엔 귀향이 대세인가, 생각하고 싶지만. 나만 그런 게 아니라고 생각하고 싶지만. 나만 음음음음 했던 게 아니라고 생각하고 싶지만.

오늘은 나가다가, 걸어올라가던 아줌마와 걸어내려오던 아저씨가 오랜만에 마주쳤는지 반갑게 두 손 꼭 잡고 악수를 하는 모습을 보았다. 나는 사람과 사람이 그 정도로 반갑게 인사하는 모습을 오랜만에 봤다. 물론 그 반가움의 모습이 이 동네만의 정겨움은 아닐 것이기에, 나는 타인의 모습을 볼 여유를 주는 고향에 감사했다.

빈곤했던
여름이 지나고

―――――

빈곤했던 여름이 지나고, 요즘의 난 건강도 있고 생활비도 어렵지 않게 있고 물론 갚을 빚은 더 많이 있지만 묵묵히 기다려주는 친구가 있고 존경하는 어른이 있고 안타까운 추억도 있다. 내가 나를 점점 더 외롭게 만들어온 것도 분명하지만, 이제는 혼자 밥 먹는 일이 싫어졌고 불 꺼진 공간에 들어가기 싫어졌고 더 이상 내 생각만 하기 싫어졌다. 또 못해먹겠는 게 아니라 무언가가 싫어지는 걸

보니 살 만해진 것 같기도 하다. 또 계절이 계절이다 보니 그리운 사람이라기보다 아쉬운 사람이 몇 사람 있다.

아버지의
밤

———

1999년 내가 초등학교 때 3학년 때 학교에서 〈아버지의 밤〉이라는 행사를 열었다. IMF 후였고, 아버지들에게 위로 비슷한 것을 하는 취지의 행사였던 것 같다. 아빠도 그때 왔었다. 아빠는 은행원이었는데 다니던 은행이 부도가 나는 바람에 집에 있는 시간이 많았다.

아빠한테 어떤 아저씨가 인사를 했다. 같은 반 종식이네 아버지였다. 아빠한테 어떤 사이냐고 물으니 아빠는 예전 후배라고 했다.

학교에서는 아빠들한테 A4 용지를 한 장씩 나누어주었다. 갓 두 자릿수 나이를 먹었던 그때의 나는 A4 용지가 엄청 크고 딱딱한 종이인 줄 알았다. 아빠들만 받은 빽빽한 서류에는 직업란이 있었다. 나는 직업란을 보았다. 그리고 아빠를 보았다. 아빠는 그 칸을 바로 적지 못했다.

아빠는 '무직'이라고 적었다. 종식이 아버지는 '은행원'이라고 적었다. 그때 나는 들뜬 종식이가 괜히 싫었다.

얼마 전 서울 생활을 접고 고향에 내려왔다. 인사는 하지 않았지만 동네에서 우연히 종식이와 스쳐 지났다. 집에 와서 엄마한테 "종식이 아직 이 동네에 사네? 아저씨는 아직 은행 다니시나?" 하고 물었다. 엄마를 통해 그 사이 종식이네 아버지도 퇴직을 하시고, 종식이도 취직을 했다는 소식을 들었다.

아버지의 밤으로부터 거의 20년이 지난 오늘, 거실에 앉아 각자의 책을 읽는 아버지와 나의 밤. 그 시절을 건강하게 지나왔고 지금도 지나가고 있음에 감사한다. 나는 어느덧 내가 닮은 한 남자가 남편이 되고 아빠가 되던 나이를 지나고 있다.

무표정이
싫어요

서울에는 유독 무표정한 사람들이 많이 보였다. 회사에서도, 거리에서도, 연인의 얼굴에서도, 내 방 거울에서도.

역사상 가장 평화로운 시대라지만, 지금 여기를 살아가는 우리 딴에는 참고 버텨야 할 것들 투성이다. 우리가 이토록 열심히 살아서 얻을 수 있는 것, 얻고자 하는 것은 무엇일까.

일을 한다. 돈을 번다. 무언가를 산다. 누군가에게 준다. 받은 사람이 웃는다.

한다. 번다. 산다. 준다. 웃는 것을 본다. 나도 웃는다.

우리가 받으려 하는 궁극적인 보상은 나를 만나주는 사람의 표정이 아닐까 한다. 가족, 친구, 애인, 나. 어쩌면 그들의 표정 한 번 보려고, 그 형언할 수 없는 화사함을 한 번이라도 더 보려고 노력하는 것이 아닐까.

특히 연애는 더욱 표정이 중요하다. 저 사람의 연인인 나만 볼 수 있는 표정, 내가 연인과 있을 때에만 나도 모르게 지어지는 표정, 그 표정의 독점권이랄까. 내 경우에 가끔 연인에게 질투를 느끼거나 배신감을 느끼게 될 때는, 연인이 다른 사람을 만나서 나에게 보내는 표정을 지었거나, 내가 몰랐던 표정을 지은 것을 보았을 때였다.

현실에 눌려 표정을 잃지 말자. 모쪼록 나도 당신도 표정을 짓게 해주는 사람을 많이 만나자. 그 표정이 잊고 있던 표정이든, 한 번도 지어본 적 없는 표정이든, 내 얼굴을 움직이게 하는 사람을 만나자.

시나
잘 써

―――――

부산에 내려오기 직전에 살았던 곳은 서울 중구 황학동의 옥탑방이었다. 옥탑이라고는 해도 투룸인 데다 근처에 주상복합단지도 있어서 그리 남루하지는 않았다. 게다가 1,000만 원이었던 보증금을 500만 원으로 해결할 수 있었는데, 순전히 부동산 어머님 덕분이었다. 당시 처음 뵌 분이었지만 미국에서 공부하는 큰 딸과 동갑이라는 점, 남편하고 고향이 같다는 점, 작은 딸과 가기로 한 제주도

자전거 여행을 먼저 해봤다는 점 등으로 나를 좋게 봐주셨다. 그렇게 어머님은 집주인한테 전화를 해서 참한 청년이라고 보증금을 좀 깎자고 말씀해주셨다.

혼자 나와 집을 구해본 사람은 알 것이다. 이런 분을 만나기가 얼마나 힘이 드는지를. 나는 감사한 마음을 전하고 싶었지만 별 수가 없었다. 그래서 부끄럽지만 내 책을 선물로 드렸다.

"너무 잘해주셔서요, 보답하고 싶은데 제가 딱히 드릴 건 없어서요. 제 책인데…….'"
"어머, 이게 뭐야~? 시집이네! 나도 어릴 때 문학소녀였어! 내가 시인한테 집을 연결해줬네~.'"

6개월 뒤 고향으로 내려오게 되었지만, 지내는 동안 부동

산 앞을 지나갈 때면 유리창 안으로 어머님께 인사를 드리곤 했다. 어머님은 그때마다 들어오라고 손짓을 해주셨다. 물이라도 한 잔 마시고 가라면서 냉장고에서 과일이며 만두며 그런 것들을 바리바리 싸주셨다. 나는 "저는 자꾸 빈손으로 오는데……."라고 말하면, 어머님은 "아니 뭘, 시나 잘 써~."라고 말씀해주셨다.

나는 이 '시나 잘 써'라는 말이 참 따뜻하게 들린다. 모종의 책임감도 느낀다. 주변 사람, 나의 이웃에게 시인이라는 존재로 살아가야 한다는 느낌. 누군가에게는 시인을 알고 있다거나 시인을 돕고 있다는 것이 꽤 뿌듯한 일이라는 것을, 이제는 알고 있다.

보고 싶다는 말은

―――――

보고 싶다는 말은

저번에 본 적 있는 사람

지금도 볼 수 있는 사람에게 할 때보다

아직 한 번도 본 적 없는 사람

이젠 볼 수 없는 사람에게 할 때

더욱.

언 제 쯤
계 산 할 수 있 을 까

나는 글자를 사용하는 사람이지만 숫자를 계산하는 일도 좋아한다. 어떤 상황을 예상하고, 경우의 수를 헤아려보거나, 지난 일에 대해 그러지 않았다면 어땠을까 하고 생각해본다. 그리고 사람을 만나서 밥을 먹거나 차를 마시거나 술을 한잔할 때, 내가 돈을 내는 것이 좋다. 나를 만나주었다는 고마운 기분이 들어서 그렇기도 하지만, 서로 시간을 내어 만났고, 만나서 이야기를 나누다보면 각자의 이야기가 더욱 좋은 이야기가 되는 경우가 많기 때문이다. 그리고 형들 누나들을 만나면 이야기도 얻고 밥도 얻어먹는 경우가 많다. 그 이야기의 값을 지불하고 싶다.

그간 참 많이도 얻어먹었다. 그 중에서도 가장 많이 얻어먹은 것은 아마도 '나이'가 아닐까 한다. 내가 먹은 나이를 계산한 사람은 부모님이었다. 부모님은 내 나이를 계산하면서 당신들 나이까지도 계산해야 했다. 나는 언제쯤 부모님이 드신 나이를 계산할 수 있을까. 지금으로서는, 부모님이 나이를 천천히 꼭꼭 씹어드시기를 바랄 뿐이다.

목욕탕

정 령

———

목욕탕에 다녀왔다. 탕 안에서 나를 끓이고 있는데 불쑥 시가 찾아왔다. 자세히 말하면 시의 정령이. 생활에 몰두하다보면 가끔 정령이 찾아오곤 했지만, 목욕탕에서는 처음이라 나는 준비되어 있지 않았다. 알몸으로 끓는 물 속에 있던 나에게는 그를 맞이할 곳이 없었다.

내가 어쩔 줄 몰라 하는 사이 정령은 탕 중앙의 거품처럼 사라져버렸다. 아쉬웠다. 시를 놓치는 일은 언제나 아쉬웠다. 그런데 오늘은 왜 그런지 놓치는 것도 나름대로 괜찮다는 생각이 들었다. 오늘 왔던 시의 정령은 나중에 다시 한 번 나타나줄 것처럼 사라졌기 때문이다. 굳이 탕 속이 아니더라도 언젠가 내가 다시 끓게 될 때 말이다.

요즘 나를 시인이라고 부르는 사람들이 많아졌다. 사람들은 내 책에 실린 시를 내가 쓴 것인 줄 안다. 하지만 나는 시를 쓸 줄 모른다. 나는 시의 정령이 가끔 찾아오는 친구일 뿐이며, 그의 말을 담아둘 뿐이다. 어쩌면 많고 많은 사람 중에서 곧잘 발가벗는 영혼을 가졌을 뿐이며, 시의 정령은 나 같은 사람을 더 가여워하는 정도일지 모른다.

그렇다면 또 그런 생각도 든다. 시의 정령이 모든 사람에게 찾아가지는 않는다면, 나는 나를 아끼는 사람들에게

시의 정령이 가끔이라도 찾아주는 사람으로서 의미 있어
야 한다고 말이다. 시가 사람을 목욕시키고 때 벗길 수 있
다면, 나의 기록이 그들의 목욕에 도움이 되게끔 말이다.

얘 봐라,
눈빛이 돌아왔네?

———

어려서부터 어른들에게 "눈빛이 다르네.", "눈에서 빛이
나네.", "이런 눈 오랜만에 본다."라는 말을 곧잘 들었다.
나는 많은 어른들이 그러길래 어른이 젊은이에게 흔히 하
는 말인가 싶어 흘려듣곤 했다. 또 뭇 이성들이 "왜 그렇
게 뚫어지게 봐, 뭐 묻었어?"라고 했을 때도 그런가보다
했다.

내 눈에서 빛이 난다는 사실을 확인했던 건 안타깝게도 그 눈빛을 잃었을 때였다. 대학 졸업과 동시에 나는 내가 가고 싶었던 직장과 갖고 싶었던 직업을 손에 넣게 되었다. 손에 넣었다는 표현이 적확할 수 있는 것은 내가 손에 넣은 그것이 손바닥만 한 명함 하나로 축약되었기 때문이다.

사내연수 2주, 그룹연수 2주, OJT 2주, 근 두 달간의 신입사원 연수를 끝내고 팀에 배치되었다. 나는 그때 뭐라도 할 수 있을 것 같았고, 대한민국을 움직이는 광고를 만들 수 있을 것 같았고, 되게 설렐 수밖에 없었는데, 왜냐하면 내가 동경했던 광고들을 만든 팀에 배치받았기 때문이었다. 내가 처음 팀에 갔던 날, 사수였던 신 차장님은 "얘 봐라, 눈에서 빛이 나네."라고 했다

그러나 근무환경은 신입사원이 버티기에 너무나 혹독했

고, 자율이란 이름으로 포장된 수평적인 분위기는 너무도 외로웠다. 못하는 부분이 있으면 지적을 받아야 하는데, 나도, 나에게 일을 가르쳐주는 사람도 너무나 바빴다. 밥도 못 먹는 스케줄, 심지어 매일 택시를 타고 다음 날 집에 가는 일정은 자연스레 내 눈빛을 앗아갔다. 눈빛이 사라졌으니 세상은 더 어둡게 느껴졌다.

곰과 달리 마늘과 쑥만으로는 100일을 참지 못한 호랑이처럼 나는 100일을 채우지 못하고 뛰쳐나왔다. 퇴사를 결정짓고 정리차 며칠을 더 나갔을 때, 차장님은 다시 "얘 봐라, 그만둔다고 하자마자 눈빛이 돌아왔네?"라고 했다. 나는 그 후로도 세파에 따라 눈빛을 잃었다가 회복했다가 했다. 보통 회사에서 돈 버는 일을 할 때 눈빛을 잃게 되는 것만 같아 고민이다. 확실하게 못 하는 것을 발견했다는 것으로 위안 삼기에는 세상살이에 지대한 부분이다.

이제 곧 서른이다. 서른이 되기 전에는 다시 본격적으로 직장이나 직업을 가져보고 싶은데, 나는 어떤 일이 하고 싶어질까. 어떤 사람들을 만나게 될까. 눈빛도 지킬 수 있을까.

가끔 수염을
깎지 않는다

―――――

가끔 수염을 깎지 않는다. 귀찮아서는 아니다. 인중에 난 수염은 깎으니까. 턱수염을 깎지 않는다는 말이다. 나름의 이유가 있다.

누구나 하던 일이 막혀버려서 골똘해질 때가 있을 것이다. 또한 자신만의 램프의 요정을 부르는 방법도 있을 것이다. 내 경우에는 지금처럼 글을 쓰다가 막혀버리거나 골똘해질 때, 입술을 코에 닿을 듯 위로 한껏 끌어올린 채 턱수염을 만지노라면, 무언가 조금이라도 떠오르는 느낌이 든다. 어서와, 지니.

그런데 이게 턱이 아니라 인중에 난 수염이라고 생각해보면, 영 쪼잔해보일 것 같다. 인중에 난 수염은 지리적 특성상 좌우가 있다. 그래서 인중을 중심으로 엄지와 검지를 활용해서 위아래로 만져주어야 한다. 역시나 쪼잔해보인다. 그러나 턱수염은 좌우가 없다. 중립이다. 엄지를 제외한 네 손가락을 신중하게 모아서 까슬까슬한 턱수염을 위아래로 만지노라면, 영감이 떠오르기는커녕 내일은 턱도 면도를 해야지 하는 생각이 든다. 하하. 하하하.

작가님은
직업이 어떻게 되세요?

––––––––

서울 마포구 망원동에 '안도북스'라는 동네서점이 있다. 일본의 건축가 안도 다다오의 이름을 따서 지었다고 한다. 방문해보면 마음이 놓인다는 뜻의 '안도'로도 이해된다. 이곳에는 나의 출판물들도 입점이 되어 있는데, 입점할 때 방문이 아닌 배송을 했기에 직접 만나 뵙고 인사를 드린 적은 없었다. 그러다 어느 날 근처에서 약속이 있어 겸사겸사 방문할 수 있었다.

한낮의 동네서점, 나는 조용히 문을 열었다. 어서 오세요, 라는 차분한 목소리가 들리고 목소리의 주인공과 눈이 마주쳤다. 사장님이었다. 사장님은 나에게 "어, 오랜만이네요! 잘 지내셨어요?"라고 하셨다. 나는 사장님과 초면이었지만 내가 기억하지 못하는 일이 있을 수도 있으니 "네. 자주 왔어야 했는데, 죄송해요."라며 멋쩍게 인사를 했다.

몇 초 후 사장님께서는 우리가 구면이 아니라는 사실을 인지하셨는지 "아, 저희 초면이죠? SNS에서 워낙 많이 봐서 저 혼자 친근했나 봐요."라고 하셨다. 나는 그제야 뻘쭘하게 "네, 처음입니다, 하하. 제가 SNS를 너무 많이 하죠? 책을 넣어놓고 오지를 못했는데. 근처 왔다가 들렸어요. 저 구경 좀 하다 가도 되죠?"라고 했다. 사장님은 인자하시게도 "네, 물론이죠. 천천히 보세요. 커피 한 잔 드릴까요?"라고 신경을 써주셨다.

공간 가득 퍼지는 커피 향을 맡으며 구경하던 중, 사장님은 커피를 건네시며 한 가지를 물어보셨다. "작가님은 직업이 어떻게 되세요?" 독특한 질문이었다. 사실은 내 스스로 자주 고민하는 질문이기도 했다. 내 직업은 뭘까. 작가? 시인? 카피라이터? 에디터? 시인? 프리랜서? 알바? 돈을 버는 창구는 여럿이지만 어느 것 하나 진득하게 하지를 않는 나, 도대체 나의 직업은 무엇일까. 나는 뭐 하는 놈일까. 나는 나를 어떻게 인정할 수 있을까?

질문에 대한 나의 대답은 '파트타이머part-timer'였다. 글자 그대로 내가 가진 시간을 부분 부분 나누어 사용하는 사람. 사람을 만나거나 좋아하거나, 영화를 보거나 밥을 먹거나, 우산을 쓰거나 잠을 자거나, 책을 읽거나 기다리거나. 자신의 모든 행위를 자신의 재량으로 사용하는 사람. 감히 시급으로 환산할 수 없는 값진 시간들. 나는 아직까지는 나에게 유예를 주고 있다. 그리고 내가 유예를 누리는 만큼 나를 기다려주고 배려해주는 사람들에게 미안하고 감사한다.

저마다의
기도문

―――――

"하나님께서 허락지 않으셨다면 갖지 않는 것이 더 유익하기 때문이라는 것을 신뢰하는 것. 그리고 그보다 더 좋은 것으로 예비해놓으셨을 거라는 사실을 기대하는 것. 신뢰하고 기대하는 것. 바로 믿음입니다."

내 동생 태희 방에 몇 년째 자리하고 있는 문구. 나는 무교이지만 기독교를 가진 내 가족들을, 가족들의 기도를 믿는다. 아멘. 나는 혼자서 기도한다.

'그 어떤 것보다 내가 나를 믿어야 해. 내 안의 야수와 거지와 꽃과 구름과 나무, 그 어떤 것도 죽이지 말아야 해. 함부로 걷거나 함부로 기대지 말아야 해.'

또 우리는
계속 계속

―――――

회사를 그만뒀을 때 내가 '포기'했다고 보는 사람들이 있었다. 그들은 나의 취업을 '도전'으로 여겼던 것 같다. 하지만 나는 포기한 게 아니었다. 도전한 것이 아니었으니까. 그저 선택했고, 취소했던 것일 뿐.

마음가짐이라는 말은 말 그대로 '마음을 어떻게 가지느냐' 하는 것이 아닐까 한다. 누군가가 감히 도전하는 일을 누군가는 그저 선택할 수 있고, 누군가는 어렵게 포기하는 일을 누군가는 쉽게 취소할 수 있다. 마음을 얼마나 어떻게 가졌느냐, 소유하고 있느냐가 또 하나의 자본일 수 있다. 마음을 더 많이 가지고 더 많이 쓰는 사람을 보고, 억울해하지 않았으면 한다. 당신 또한 어떤 일에 있어서는 누군가가 가진 마음보다 더 많은 마음을 가지고 있을 것이다.

아무쪼록 도전했다면 포기하지 않기를 바라고, 도전이 아닌 선택이었다면 그 선택을 취소할 수 있음을 알고 있기를 바란다. 너무 많이 힘주어 살고 있지는 않은지, 너무 많이 힘주어 살려고 하지는 않는지 생각해볼 일이다. 우리에게는 앞으로도 너무나 많은 일이 있을 테고, 또 우리는 계속 계속 해나갈 테니까.

빈곤했던

여름이 지나고.